剪刀石頭布

謝俊偉◎著
封面插圖◎埃西歐

烤香腸

作者序言

生活中有許多習以為常的事情，其實隱藏了許多學問，只是我們都在不知不覺之間疏忽掉了。比如說剪刀、石頭、布，我們常常在生活中無法判斷好壞時，會用來解決問題。

這一次，一年六班的炳昌又和他的好同學們利用了剪刀、石頭、布，幫後門的攤販解決了難題。

而且這次的故事裡，還有一位熟悉的女主角美麗，她也會在故事裡現身，美麗的故事取材自我的好同學，她在一次校外教學時，被我們全班給「忽略」了，丟在台中交流道。

後來她有好一陣子都不肯跟我們說話，對我們全班都非常憤怒，覺得我們一起集體「拋棄」她。

希望大家在看過《剪刀、石頭、布》這個故事之後，可以體諒別的同學的無心之過，學會寬恕別人，這樣自己的學生生活，一定會過得更有意義、更快樂！

畢竟學生時代是每個人一輩子當中，難得的純真時代啊！

目次

人物介紹

周炳昌：是個非常調皮搗蛋的小男生，他在讀幼稚園時，就是老師頭痛的人物。上了一整年的幼稚園大班，注音符號的前五個還是記不住。每天都在編派理由、動腦筋不去學校、不做功課。上了小學之後，由於校長的理解，以及學校老師的協助，還有同學們之間的情誼，他才慢慢開始喜歡上學。

李琇琇：善良但家裡貧窮的小女孩，喜歡接觸小動物，偷偷養著一隻老鼠阿寶，有著很善良的心，是個爛好人，常常被欺負、內心有些自卑。剛開始會因為沒有飯吃，害怕同學知道她家非常貧窮，也害怕自己跟不上其他同學的求學進度，而躲起來不到一年六班。

劉惠敏：愛讀書，總是看別人不順眼，連養的寵物豬都看起來一付趾高氣昂的模樣。有著簡單俏麗的短髮，看似很兇狠，其實內心是很想交朋友的小朋友。因為家中要求她都要考第一名，所以她不太敢和別人交朋友，一心一意都在讀書。

校長：看起來很像工友的校長，對於學生的意見比老師的意見更加重視，由於自己以前也很不愛讀書，他覺得不愛讀書的小孩其實是正常的，所以才需要教育。對於討厭上課的學生總多了一份包容，也相信他們有他們的好。

郭老師：一年六班級任老師郭玉珠，是個非常有愛心的老師，娘家和夫家都是大地主，每天開著一輛賓士轎車來上班。對於家境比較不好的同學會特別偏袒，導致其他同學和家長的抗議。

湯榮杰：坐在周炳昌旁邊的同學，他老是愛說髒話，特別是對周炳昌說髒話。湯榮杰很愛讀課外讀物，和說髒話的外表相當不搭。

黃博懷：他喜歡李琇琇，跟她告白卻被拒絕。黃博懷坐在周炳昌的後面，卻老是愛用小小的三角眼斜斜的瞪別人，是個愛瞪人的怪咖。

01 校園安全

「又來了！又來了！」炳昌的媽媽看到上學的時間到了，炳昌還沒下樓，她就開始唸起炳昌。

「這個傢伙，養隻小狗都比他聽話。」周媽媽唸唸有詞的說道。

「可是……小狗又不會叫媽媽！」炳昌睡眼惺忪的來到飯桌，「回嘴」的能力仍然很迅速。

「你快吃早餐吧！上學要遲到了。」周媽媽提醒炳昌。

「嘖嘖嘖……」周爸爸看著報紙，忍不住搖起頭來。

「怎麼了？」周媽媽問著周爸爸。

「怎麼會有這種事？」周爸爸的眼睛還是離不開報紙。

「你是說那個炸彈客嗎？」先前看過報紙的周阿公，反問起周爸爸。

周爸爸點點頭說：「是啊！怎麼會有這種事情？跑到小學去放炸彈。」

「有沒有傷到小孩？」周阿嬤緊張的問道。

「是沒有，還好發現得早。」周爸爸邊看報紙邊說。

「現在學校都是這種開放式的環境，什麼人都可以跑進學校，我一直覺得這樣子不安全。」周媽媽憂心忡忡的說。

「那我的寶貝孫會不會怎麼樣？」周阿嬤擔心起炳昌的安全。

「最好把學校都炸掉，這樣我就不用上學、寫功課了。」炳昌眼睛轉啊轉的，露出賊賊的笑容。

「周炳昌！」周爸爸和周媽媽異口同聲的叱喝著炳昌。

「學校炸掉了，老師還在，一樣可以打電話叫你寫功課。」周阿公揶揄著炳昌，說這個點子不好。

「那我要給炸彈客我們老師的名單。」炳昌瞇著眼睛說起他的計畫。

「周炳昌，你最好不要打這個主意，腦筋都用到這種事上頭，現在就給我乖乖的上學去。」周媽媽非常生氣炳昌竟然會動起這種歪腦筋。

炳昌趕緊背起書包，趁周媽媽發火之前，到土地公廟那裡排隊等著上學，一看到湯榮杰，炳昌的鬼點子又跳上來了……兩個小男生你一言、我一句的說著自己的「計畫」，打算到學校「實驗」看看。

「起立……」上第一堂課，當一年六班的班長劉惠敏喊起立時，站在講台上的郭老師看到講桌上面有瓶蘆筍露的鐵罐。

「怎麼會有這個？」郭老師好奇的問道。

「那是炸彈！」炳昌和榮杰嘻皮笑臉的大叫著，兩個小男生還故意發出嘶吼的聲音。

「啊！怎麼會有炸彈？」教室裡頭掀起一陣尖叫聲，有些同學還驚慌的跑到教室外面。

「哈哈哈……好好玩喔……」看到大家驚慌失措的模樣，炳昌和榮杰得意洋洋的捧腹大笑。

「你們兩個真的很無聊耶！」惠敏氣憤的跑上前來，從背後拍了炳昌和榮杰的後腦袋。

平常惠敏如果做這樣的動作，炳昌和榮杰一定會還手，但是今天兩個人笑到連還手的時間都沒有，還一直說：「真的好好笑喔！」

同學們陸陸續續的回到自己的座位說：「太過分了！」

「就他們兩個高興而已！」

「這種玩笑好缺德喔！」

郭老師站在講台上，沒好氣的問炳昌和榮杰說：「你們是看到今天的報紙，對不對？」

「是……是啊……」炳昌和榮杰笑到上氣不接下氣的。

「你們兩個喔！」郭老師搖搖頭說，這種玩笑開不得，要處罰炳昌和榮杰，叫他們兩個到教室最後面罰站。

「好，我甘願這樣。」炳昌到教室後面罰站時，還是笑個沒完沒了。

「都是你害我的啦！」榮杰這時候有點埋怨炳昌。

「哈哈哈……」炳昌還沉浸在惡作劇的「喜悅」中。

快要下課時，校長正好經過一年六班的教室走廊，看到炳昌和榮杰站在教室後頭，榮杰垮著一張臉，炳昌則是噗哧的笑著，覺得這個畫面頗為怪異。

這時候剛好下課鐘響了，郭老師也就順勢走到教室外面，跟校長解釋了一下處罰炳昌和榮杰的經過。

校長聽過就招招手要炳昌和榮杰出來一下。

「校長，這是炳昌的主意，我跟他一起上學，他找我一起參加的。」榮杰一看到校長就趕緊先「告狀」。

「你剛剛還不是覺得很好玩！」炳昌用手肘頂了榮杰一下。

「你為什麼要推我啦！」榮杰又推了回去，兩個小男生有點要打起來的模樣。

「好了！跟校長過來。」校長正色的要炳昌和榮杰跟他走。

「你看啦！這下子連校長都生氣了。」榮杰有點擔心的說道。

「喔……」炳昌看到校長的臉色，也開始煩惱自己是不是開玩笑開過頭了。

校長走到操場旁邊，三個人在旁邊的椅子坐下，校長這時開口了：「這個玩笑有點過火！」

炳昌嘟著嘴，榮杰則是說：「我知道了，校長，下次不會再這樣。」

「炳昌不覺得嗎？」校長看炳昌沒說話，轉頭問起。

「我們也不是拿真的炸彈。」炳昌嘟著嘴問道。

「可是你們這樣玩，下次如果有真的炸彈，同學們會以為是在玩，就不會有警覺心了。」校長搖搖頭說。

「喔……」聽校長這麼一說，炳昌也有點不好意思，他「稍微」覺得校長說的有點道理。

「校長很喜歡你們的活潑，但是這個玩笑真的會影響到別人！這樣就不太好。知道嗎？」校長跟炳昌和榮杰解釋道。

「知道了。」兩個同學一起點點頭。

「校長，你不要和我媽媽一樣，神經兮兮的，不會有人來學校放炸彈的啦！」炳昌「安慰」著校長。

「校長和你媽媽不是神經兮兮，而是多注意總是好的，同學們的安全是學校最重要的考慮。」校長正色的說道。

「好啦！好啦！」炳昌沒好氣的點點頭。

「你看，今天的報紙就有報導，一個失業的男子跑到學校來，放了一顆炸彈，學校和你媽媽當然要多警覺，免得同學們受傷！」校長好言好語的解釋給炳昌和榮杰聽。

「謝謝校長，我知道了。」榮杰點點頭。

「馬屁精！」炳昌瞪了榮杰一眼。

「我才不是馬屁精！我只是覺得校長說得沒錯！」榮杰這麼對炳昌說。

「才沒有那麼嚴重！」炳昌撇起嘴來。

「你們也知道校長不是老古板的人，而是關係到安全的問題，就是要謹慎一點。」校長苦口婆心的說道。

「校長這次可以跟我媽媽變成好朋友。」炳昌覺得校長現在的談話，跟媽媽如出一轍。

「可能換個位置也換個腦袋吧！以後炳昌有機會跟校長做一樣的工作時，就能體會到我們的苦心。」校長最後是這麼說的。

「校長不要太擔心！我們學校很安全的。」炳昌繼續這麼「安慰」著校長。而校長則是一臉苦笑。

隔了沒多久，有天放學前的打掃時間到了……

炳昌負責倒垃圾，他拿著垃圾桶到學校比較偏僻的焚化爐。

「也沒有多少垃圾，每天都要來倒，好麻煩！」炳昌邊走邊抱怨，因為剛才他跟班長惠敏在那裡討價還價，他覺得垃圾這麼少，明天再倒就可以，何必那麼麻煩每天倒垃圾呢？

當炳昌自言自語、回過神後，他發現接近焚化爐的地方，有兩個人在那裡扭打，炳昌還幸災樂禍的說：「跑到這裡來打架，老師比較看不到。」

可是炳昌愈看愈不對勁，因為後來個子比較小的那個，被高的那個人架著走，而且個子高的那個人還沒有穿學校制服，看起來像是外面來的。

「啊！綁架！綁架……」炳昌大聲的叫了起來，他往操場的方向跑去，邊跑還邊喊著。

結果愈來愈多的人跑到焚化爐這個方向，那個校外人士為了逃命，趕緊把架住的學生推倒在地，翻過牆往校外逃跑。

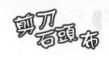

炳昌的腦袋一片空白，怎麼回到教室的都不知道。

「周炳昌，你怎麼了？」劉琇琇看到滿臉蒼白的炳昌，好心的問著他。

「周炳昌，你很可惡耶！不想倒垃圾，那垃圾桶呢？垃圾桶怎麼不見了？」班長也是班上的管家婆惠敏，氣呼呼的跑來找炳昌算帳。

「那裡……」炳昌指著教室外面。

「你丟到外頭是嗎？你把垃圾桶丟到外頭了，對吧！」惠敏氣呼呼的質問著炳昌。

「有……綁架……」炳昌有氣無力的說著。

「真的嗎？」

「你怎麼知道？」

同學們紛紛跑到教室外面去，想看看綁架到底在哪裡。

後來警察也到學校來，沒多久就逮捕到嫌犯，原來是個精神有點問題的男子，他有多項的前科，大家都說好險那個被抓的高年級學長沒有被他逮去，要不然很難想像會發生什麼事情。

但是那位高年級的學長和炳昌都嚇壞了，特別是炳昌像是失魂落魄一樣，整個臉都是蒼白無血色的。

「炳昌，你還好吧！」郭老師緊張的一直詢問著炳昌。

「郭老師，我想回家了。」炳昌背起書包就要離開教室的樣子。

「周炳昌，你的垃圾桶還不去找回來。」惠敏還是很關心教室的垃圾桶。

「沒關係，等等請同學幫你去找垃圾桶，你要回家就趕緊回家去，要不要老師打電話給家長，請他們來接你？」郭老師問道。

「不要，我要趕快回家。」炳昌有點在鬧脾氣似的說要回家。

「老師，我跟炳昌一起回家。」榮杰跟郭老師這麼說。

「好，你們一起回去，老師也會打電話去炳昌家。」郭老師點點頭。

「賴皮！好吧！那我只好自己去找垃圾桶了。」惠敏說道。

榮杰不停的問著炳昌：「你還好吧！我從來沒看過你這樣，沒事吧？」

炳昌則是整張臉毫無血色，讓榮杰看得直擔心。

一到炳昌的家門口，就看到炳昌的媽媽和阿公阿嬤都站在門口等著。接到學校打來的電話，一家人就擔心的在門口等炳昌回家。

「哎喲，我的寶貝孫啊！」周阿嬤心疼的嚷嚷著。

「快進來、快進來……」周阿公則要一群人趕快去屋裡坐著，不要站在門口講話。

「我的寶貝孫怎麼都不講話？」周阿嬤看到不發一語的炳昌，她的心裡感到難過得要命。

「是啊！平常話多到惹人嫌，今天不講話了，真是讓人擔心。」周媽媽不捨的看著炳昌。

炳昌則是面無表情的坐在客廳。榮杰在一旁說道：「他是看到高年級的學長差點被綁架，就有點嚇到了。」

「平常也是個膽大的孩子，怎麼會這樣呢？」周媽媽邊說，眼淚都在眼眶裡打轉。

「我趕快帶我的寶貝孫去收驚好了。」周阿嬤一直這麼說。

「還是直接帶去看精神門診？」周媽媽問道，但是沒有人附和。

大人們在那裡討論著，炳昌則是突然站了起來說：「我要上樓休息。」然後鐵青著臉往樓上走去。

「也好，先休息，先休息……」周阿公點了點頭。

但是等到炳昌走去房間後，大人們開始討論起來……

「這樣怎麼得了啊？」

「我們家炳昌從來沒有這樣過？」

「以前老嫌他話多，現在安靜起來反而讓人擔心。」

還在炳昌家客廳的榮杰忍不住問起來：「要不要幫炳昌請病假啊？」

這樣一問之後，客廳裡卻安靜無聲，大人們也不知道炳昌這算不算是有病？

「看他今天晚上和明天起來的狀況再說吧！」周媽媽這樣說道。

「那我明天早上在土地公廟那裡排隊，如果一直等不到炳昌，到學校我就跟郭老師說炳昌請病假了。」榮杰提議著。

「謝謝你，榮杰，你是我們炳昌的好朋友，謝謝你這麼關心他。」周媽媽猛點頭。

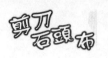

「前一陣子，我們兩個才在學校假裝有炸彈，那時候炳昌笑得好開心，沒想到才沒幾天，炳昌就被嚇成這樣……」榮杰有點難過的說道。

「沒關係的，我們炳昌應該只要休息夠了，就會完全好起來，榮杰不要擔心。」周媽媽勸著榮杰。

「一定會的，我的寶貝孫一定會繼續活活潑潑的上學，大家都不要擔心，會的……一定會的。」周阿嬤這麼說。

但是事情並不如周阿嬤想得那麼簡單。

02 三人小組

炳昌第二天睡醒後，還一反常態的準時起床，不需要鬧鐘、也不用媽媽叫他，自己乖乖的到樓下等著吃早餐，不發一語的吃完早餐後，又自動自發的去土地公廟排隊等著上學。

炳昌變乖之後，全家人反而擔心起來。周媽媽打了個電話給郭老師，郭老師也承諾會跟炳昌談談，還會找輔導室的老師一起協助炳昌。

這天中午休息時間，輔導室的謝老師到一年六班教室找炳昌。

「周炳昌嗎？我是輔導室的謝老師，有點事情想找你聊聊，可以嗎？」謝老師邀約著炳昌。

炳昌現在乖得跟個小綿羊一樣，順服的跟謝老師一起去輔導室。當然謝老師是要跟炳昌談談那天看到高年級學生差點被抓走的事情。

「現在還會很害怕嗎？」謝老師問著炳昌。炳昌沒有多說什麼，只有使勁的點點頭。

「聽周媽媽說，你還一直做惡夢？」謝老師問炳昌，而且她有所保留，因為根據周媽媽的講法，炳昌除了做惡夢，甚至還會尿床。

「可以跟老師講講，你在害怕什麼嗎？」謝老師問炳昌。

「假如壞人突然跑來找我，那我要怎麼辦？」炳昌有點不好意思的說道。

「這沒有什麼不好意思的，炳昌！我們每個人都會害怕，假如謝老師看到壞人出現在我面前，老師也會嚇個半死啊！」

「可是我是男生，應該勇敢一點才對！」炳昌害羞的搔搔頭。

「恐懼是我們每個人都會有的情緒，炳昌不用對恐懼感到不好意思，每個人都有很多害怕，是別人沒有辦法理解的，像謝老師就很害怕『蠶』。」謝老師為了增加炳昌對她的認同感，連自己害怕蠶的事情都說出來。

「是吃桑葉的蠶寶寶嗎？」炳昌好奇的問道。

「是啊！就是蠶寶寶，謝老師好害怕！想不到吧！」謝老師自己說著，還露出靦腆的笑容。

「是啊！好好笑！」炳昌調皮的笑容又回來了。

「所以我們也不能笑別人喔！我們自己都有些好笑的害怕，對於別人的害怕要能夠有同理心，知道嗎？」謝老師這麼對炳昌解釋。

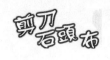

炳昌點點頭說：「我知道了，像我還嚇到尿床呢！」炳昌自己掀自己的底，謝老師也咯咯的笑著。

那次談話之後，炳昌就慢慢好了起來，再加上時間可以沖淡一切，炳昌又恢復起「生龍活虎」的模樣。

「沒辦法，不這樣就不叫周炳昌！」劉惠敏看到又調皮起來的炳昌，忍不住搖頭對琇琇這麼說。

「可是我覺得炳昌同學有點不太一樣。」琇琇側著頭想著。

「什麼不一樣？」惠敏問起來。

「我不知道該怎麼說？就是不一樣了。」琇琇想了想後這樣說道。

「等到妳知道得更清楚，再跟我說。」惠敏跟琇琇提及，琇琇也點了點頭。

雖然炳昌逐漸好轉起來，但是學校對於校園安全就變得更加謹慎，校長還出了個新點子，叫做「剪刀石頭布小組」。

「什麼是剪刀石頭布小組？」炳昌從外面聽來這個名詞，在教室問起湯榮杰。

榮杰聳聳肩表示不知情，惠敏倒是自動走了過來說：「就是三個人編成一個小組，就像剪刀、石頭、布一樣缺一不可，即使要去上廁所，也要幾個人一起去上，不要散開，這樣互相看著，會比較安全。」

「可是我不想三個人都被綁在一起！」黃博懷抱怨著。

「喔……」炳昌若有所思的發出聲音。

「我已經長大了，不想跟別人綁在一起啦！」博懷還是這樣嚷嚷著。

「上次高年級的學長還會被壞人架走，我們是一年級，當然要更注意。」惠敏「諄諄教誨」著。

「把他跟李琇琇綁在一起就好了。」湯榮杰笑咪咪的說。

「你欠扁啊！」惱羞成怒的博懷追打著榮杰，兩個大男生繞著教室轉，一會兒又追出教室。

博懷在跑的時候，撞到班上一個女生廖美麗。

「哎喲！」美麗整個人向前趴，由於美麗是被博懷從後面撞到的，所以完全沒有心理準備的她，非常驚嚇的趴在地板上。

「沒事吧？」博懷緊張的問道。

美麗只有不停的哭，什麼話也沒說。

「有這麼嚴重嗎？」博懷看到美麗拚命哭，他覺得也沒有撞得很嚴重，美麗何必這樣？

美麗和博懷、榮杰都走進教室，炳昌看到這樣的情形趕緊說：「每個人害怕的事情不一樣，榮杰，你不要這樣說啦！」

「我說得又沒有錯！這種話是以前你會說的。」博懷揶揄著炳昌。

「但是我長大了。」炳昌正經八百的解釋給博懷聽。

「那要怎麼樣才行？」博懷沒好氣的問道。

「你就不會好好的對不起喔？」惠敏也覺得博懷自己撞到人，態度還這麼強勢，感到有點惹人厭。

「好啦！好啦！對不起，行了吧？」博懷做勢跟美麗說了對不起，但是美麗還是哭得沒完沒了。

後來是郭老師走進教室，跟大家宣布「剪刀石頭布小組」的名單，美麗才慢慢不哭了。

「我真的不知道，她為什麼老是這麼委屈的樣子？」博懷唸唸有詞的說道。他的聲音很小聲，但是前面的炳昌和榮杰都聽到了，兩個人回頭做了個要博懷安靜的手勢。

「這個剪刀石頭布小組，每個月會換一次，所以這次安排的名單原則上是不准調換的，反正以後都會碰到。」郭老師這麼宣布著。

「不能換喔？」博懷問起。

「是，不能換。」郭老師再次確認。

「那我如果編到跟不喜歡的同學在一起，那要怎麼辦？」榮杰舉手問郭老師。

「學習喜歡那個同學。」郭老師這麼回答。

此話一出，班上大部分同學都發出「啊」的長聲，似乎頗不以為然，這回換郭老師得意的笑了。

郭老師一一宣布小組名單，結果炳昌、榮杰和博懷是同一組，而惠敏、琇琇以及剛剛在哭的美麗是同一組。

「美麗，妳不要哭了，我們三個人是一組的，要高興喔！」琇琇安慰著美麗。

惠敏也這麼點點頭。

「博懷，那你不要鬧了，我們三個人是一組的，要高興喔！」炳昌學著琇琇的聲調，回頭跟博懷這麼說。

「你安靜個幾天，又恢復本性了！」博懷拿出最招牌的眼睛，狠狠的瞪了炳昌一眼。

「博懷，如果我真的是李琇琇，你一定更高興了。」炳昌還是用琇琇的聲調，揶揄著博懷。

「好像喔！」

「炳昌學得有夠像的。」同學們開心的大笑，也紛紛找起自己的剪刀石頭布小組的組員。

「我們快要校外教學旅行，到時候剪刀石頭布小組的成員要坐在一起，大家互相照顧彼此，注意彼此的安全，知道嗎？」郭老師這麼說道。

「好的。」這次班上同學沒有異議的附和著。

「美麗，我們是一組的，要互相照顧喔！」琇琇興奮的跑去找美麗，可是美麗的反應卻是有點冷冷的。

「那個廖美麗真的有夠奇怪的，她好像都很害怕我們，覺得我們要害她似的，每次都露出那種……臉……」博懷看到美麗對琇琇的反應，他有點心疼的說道。

「什麼臉啊？」榮杰要博懷說清楚。

「應該說是……『屎』臉吧！台語發音。」博懷這麼說。

「好了啦！別這樣說，或許以後大家變成同一個小組，還會是好朋友呢！」炳昌勸著博懷。

「周炳昌，你好像真的有點變了。」博懷驚訝的說。

「你怎麼跟琇琇同學說的一樣。」榮杰說他最近也聽琇琇說過一模一樣的話。

「那我是跟琇琇心有靈犀一點通了！」博懷高興的說。

「我有怎麼樣嗎？我自己都沒有發現。」炳昌疑惑的問道。

「反正你就是有變就是了。」博懷堅持著。

「水啦！因為我長大了。」炳昌得意洋洋的說。

「這樣又變成以前的炳昌了。」博懷笑道。

「反正不管炳昌有沒有變，我們三個是同一個剪刀石頭布小組，這是不變的，我們要互相注意對方的安全才行。」榮杰提醒著。

「我就是很討厭這樣，好像所有的人都綁在一起，又不是在玩兩人三腳！」博懷抱怨道。

「可是你上次沒有看見，那個壞人架住高年級學長時，真的很嚇人耶！」炳昌說得滿臉心有餘悸的樣子。

「也是靠炳昌趕快找人幫忙，才救了學長一命。」榮杰附和道。

「不會那麼巧吧！」博懷搖搖頭。

「我上次也是這麼說，結果沒多久就碰到了，這種話最好不要說。」炳昌以「過來人」的身分勸著博懷。

「我覺得這種剪刀石頭布小組，真的也派不上什麼用場。」博懷堅持著。而……這果真一語成讖。

校外教學那天，小朋友們都非常開心，尤其是小一新生上小學後第一次的校外教學，各個班上的級任老師都覺得壓力非常大。

郭老師在出校門時，千叮嚀萬囑咐，要剪刀石頭布小組的成員，互相盯牢對方，要不斷的確認彼此都上了遊覽車。

不過，琇琇帶了阿寶這隻老鼠，惠敏牽著小豬，有了這兩隻寵物，所有同學的焦點都在這上頭，早把什麼剪刀石頭布小組拋在腦後。

這次的校外教學，地點是在一個很大的公園，一到那裡，惠敏的小豬簡直就是樂不可支，滿場飛奔。

大家都玩起「抓小豬」的遊戲。

「小豬，這次我一定要抓到你。」炳昌像打橄欖球一樣的飛撲著小豬，結果撲了個空。

「那我也來幫忙。」榮杰也飛奔上來。

「還有我。」博懷也是。

這個剪刀石頭布小組的成員，一心只顧著小豬。

惠敏的小豬有點人來瘋，看到這麼多人追著自己，小蹄子飛快的跑動，還不停的大聲嚎叫。

「追不到、追不到……」惠敏拚命的為自己的小豬加油。

「美麗，要不要吃一點麻花？這是我媽媽幫我炸的零食，請妳吃。」琇琇大方的拿出自己的零食跟美麗分享，雖然自己的家境不算好，但是琇琇總感覺到美麗好像比她更需要幫助。

「啊！對不起，只顧著我們家的小豬，我還帶了很多零食，要跟我們同一組的人分享。」惠敏的後背包一打開，裡面全是滿滿的零食，她倒在草地上的坐墊，結果……

惠敏的小豬也不跑了，乖乖的到惠敏的面前，跟她要東西吃。

「豬到哪裡都是豬，真是豬性不改。」惠敏捏了自己的小豬一記鼻子。

小豬也不管惠敏說什麼，開心的吃起最愛的洋芋片。

「惠敏，妳的小豬會吃洋芋片喔？」琇琇驚訝的問道。

「是啊！我的小豬最愛的就是洋芋片。」惠敏點點頭。

惠敏還一直把零食塞到美麗的手裡，美麗想了老半天，卻一直沒有動手。

「美麗，妳是想帶回家去嗎？」琇琇有點懂美麗的心情，她問了這麼一句話出來。

美麗不好意思的點了點頭。

由於琇琇和惠敏也算是好朋友了，她知道惠敏其實是個樂於跟人分享的好班長，她就說道：「惠敏有說，要讓妳帶幾包回家，然後剩下的我們三人小組可以分享。」

看到琇琇跟自己直眨眼睛，惠敏馬上會意過來說：「對啊！我有幫妳準備，妳盡量吃。」

然後三個小女生抱著一隻小豬，開心的在草地上吃起點心。

老鼠阿寶也乖乖的站在琇琇的頭上東張西望的。

這個公園是以花卉聞名，郭老師跟同學們解釋著各式各樣的花朵，加上天氣正好，彷彿一切都十分的完美。

「這真是一次完美的校外教學！」郭老師伸了個懶腰，開心的說道。

「是啊！我玩得好開心呢！」琇琇也這麼說。

「小一新生的校外教學這樣真的很難得。」郭老師看著草地的同學，有感而發的說。

但是，她真的說得太早了點……

03
傷口

就在大家坐上遊覽車，準備回學校的時候，郭老師不斷的問大家：「你們剪刀石頭布的三個人，有沒有都上來了。」

同學們有的回答，有的沒回答。郭老師本來要數一下，但是遊覽車司機好像找她要確認一些事情。

而坐在最後一排的惠敏和琇琇，都被自己的寵物攪得團團轉的，有點自顧不暇，也沒有把郭老師的話聽進去。

等到遊覽車開了差不多半小時，琇琇捧著自己的老鼠，突然想起來的問道：「美麗同學呢？」

還在整頓自己的小豬的惠敏說：「應該在前面跟別的同學在一起吧！」

琇琇就大聲的喊了一下：「美麗同學，妳在哪裡啊？」結果一點回音都沒有，美麗的聲音並沒有回應。

琇琇就往前面走，每個座位都看一下，也有其他的同學在幫她看，等到走到最前面時，琇琇突然哭著說：「美麗同學不見了。」

「什麼？美麗不見了？」郭老師也應聲從座位上跳起。

然後一年六班的同學在車上一起找美麗，果然……美麗真的沒有上車。

「快！司機先生，快！快開回公園。」本來已經快到學校的遊覽車，一年六班的這台趕緊向後反轉。

「美麗同學不會怎麼樣吧！」琇琇緊張的問道。

「不會啦！」惠敏有點心虛的回答。

「如果發生什麼事情，我要怎麼跟美麗的阿嬤交代啊？」郭老師在遊覽車裡面前前後後的踱步。

「司機先生，你可以開快一點嗎？」郭老師催促著遊覽車司機。

「老師啊！這樣已經很快，老師，我們開車不可以開太快，這樣怎麼教小朋友？」司機先生說道。

等到遊覽車一到公園，在遊覽車停車場，老遠就看到美麗站在那裡哭。

遊覽車一停，郭老師要同學們都不要下車，一個人衝下去緊緊的抱住美麗說：

「不要怕！美麗同學，我們回來接妳，不要怕啊！」

美麗上了遊覽車後，一年六班響起一片的掌聲……

「美麗，太好了。」

「我們都好擔心妳喔！」

「還好，妳站在停車場等我們。」

同學們紛紛對美麗這麼說。

「美麗，妳不要哭了，都是我們的不對。」琇琇對美麗說道。

「對不起啦！我的小豬一直亂竄，琇琇也在張羅她的阿寶，才會這樣……」連惠敏都感到對美麗很抱歉。

「反正我就是會被丟掉……」美麗邊哭邊這麼說。

「不是的，不是這樣。」琇琇非常著急美麗會這麼誤會。

「別這樣，我們真的不是故意的。」惠敏也很著急。

郭老師看到這個狀況，要琇琇和惠敏先別說話，她把美麗接到自己旁邊的位置坐下，要司機先生再開回學校去。

同學們一路上看到郭老師跟美麗不斷的講話，好像在安撫她一樣，美麗也漸漸平靜下來，一年六班順利的抵達學校。

但是這件事，即使美麗自己不說，同學們都覺得這已經在她的心裡留下很深的陰影。

「怎麼辦？是我們兩個人疏忽了，讓美麗同學變成這樣。」琇琇一直覺得很不好意思。

「是啊！是我們顧著寵物，忘記美麗的。不過……這也跟她的個性有關吧！我們真的不是故意的。」惠敏還是比較有個性。

「我覺得美麗同學的家裡好像有什麼事情。」琇琇老覺得在美麗的身上，有一種她似曾相識的「味道」。

「那也要她願意說，我們才能幫忙！」惠敏覺得美麗老擺出一種拒人於千里之外的樣子，她對美麗的態度跟黃博懷愈來愈相像。

「可能我家裡比較苦，我有點知道她。」琇琇難過的說道。

「家裡比較苦不是藉口，妳還不是跟同學們都處得很好，是她自己把自己關起來，這我們可沒辦法。」惠敏搖搖頭說。

「還是要知道她需要什麼樣的幫忙？」琇琇建議著。

「這我可沒辦法。」惠敏是個很理性的人，她說起話來總是如此。

「妳不是這樣，妳對我就很好。」琇琇滿臉感激的說。

「那不一樣，妳是我的好朋友。」惠敏不好意思說道。

「美麗也可以當我們的好朋友。」琇琇堅持著。

「可是……妳看她這樣……」惠敏雙手一攤，滿臉莫可奈何的模樣。

因為美麗每次在班上，常常自己縮在一個角落，也不跟其他同學交談，自己畫著自己的畫，跟別人沒有任何的交流。

「美麗，其實琇琇很想跟妳做朋友的。」郭老師曾經這麼對美麗說過。美麗就是搖搖頭而已。

「她可能很氣我校外教學拋棄她吧！」琇琇跟別的同學討論這件事。

「她不跟我們好就算了，我們何必這樣巴著她啊？」博懷看到琇琇老是對著美麗冷冷的臉，常常這樣勸琇琇。

「我覺得美麗很需要同學、朋友，只是她不知道如何表達，而且她可能很受傷，所以才會這樣。」琇琇這麼勸說著。

「我媽媽說，人的心要打開，要不然陽光也照不進去。」惠敏很尊敬自己的媽媽，所以常常搬出媽媽說的話。

「可是……」琇琇很想再說些什麼，但是她沒辦法表達得很清楚，也就自己閉上嘴巴。

不過琇琇說的話，惠敏有聽進去，這一天中午，班上同學在教室吃午飯，惠敏主動走向美麗。

「美麗，這是我媽媽做的東坡肉，非常好吃，是功夫菜，要做很久，請妳吃一塊。」惠敏在便當蓋上面放塊東坡肉給美麗。惠敏和琇琇有注意到美麗的便當，通常只有一塊豆腐，這樣就吃過一餐，於是琇琇好心請惠敏在裝便當時，多帶一點給美麗。

「我不要，我不喜歡吃肥肉。」美麗看了一眼，冷冷的回給惠敏。

「這個肥肉已經煮到爛，幾乎糊在瘦肉上，而且有點冰糖化在上面，亮晶晶的又很好吃。」惠敏繼續說道。

「我不要。」美麗也回得乾脆。

「妳試試看啦！吃一口就好，如果不喜歡再還給我。」惠敏在琇琇先前的心理建設下，對美麗投注最大的耐心。

「我說不要就不要。」

「妳給我的，我就一定要吃嗎？」

美麗瞪了惠敏一眼。

同學們聽到這一段對話，私底下都窸窣著說：「有必要這麼生氣嗎？」

「人家惠敏也是好意。」

美麗聽到同學們的話，就一個人帶著便當跑了出去，惠敏碰了一鼻子灰又回去座位。

琇琇用雙手做出一個對不起手勢，嘴巴沒有發出聲，只有用嘴型說了「對不起」。惠敏則是滿臉悻悻然。

整個狀況被郭老師看見了，郭老師站在走廊跟惠敏和琇琇招招手，要他們兩個出去教室。

「很挫折喔，惠敏班長。」郭老師問著惠敏。

「是啊！好人真難做。」惠敏嘟著嘴說。

「對不起，是我出的主意，因為我家沒有什麼錢，沒辦法多準備吃的，才想叫惠敏幫忙。」琇琇跟郭老師坦承這是她的點子。

「怎麼會想這麼做？」郭老師試探性的問著琇琇。

「可能我以前常常吃不飽，看到美麗，在她身上有我以前的感覺。」琇琇解釋道。

「我是有注意到，她的便當都只有豆腐，連飯都不多。」惠敏附和著琇琇。

「郭老師，美麗家發生什麼事情了嗎？」琇琇問起郭老師。

「美麗的爸爸最近因為肝癌過世了。」郭老師說道。

「那媽媽呢？」惠敏問起。

「很早就不在了。」郭老師嘆口氣說。

「那美麗只有一個人喔？」琇琇緊張的問。

「她跟阿嬤住在一起。」郭老師說道。

「那他們家有人賺錢嗎？」琇琇問起來。

「問美麗，美麗也什麼都不太說。」郭老師回答。

「怎麼都不說呢？這樣要我們怎麼幫她啊？」惠敏的口氣很急，透露著幾許的不耐煩。

「惠敏……」琇琇拉了一下惠敏。

「妳也知道，我講話就是這樣。」惠敏有點不好意思。

「其實妳們兩個都是很好的同學，會主動去關心別人，老師真的很以你們兩個為榮。」郭老師欣慰的看著惠敏和琇琇。

「惠敏真的很好，她都會跟我分享她的電腦和書，還有很多很多。」琇琇在郭老師面前替惠敏說話。

「我知道啊！妳們都是我的好學生，我知道的。」郭老師也同意琇琇的看法。

「可是，好像要幫人家忙，別人不見得會領情。」惠敏滿臉疑惑。

「這是一門很大的學問，老師到現在都還在學習，幫人要幫到人家的心頭上，這不是件容易的事情。」郭老師解釋著。

「郭老師，那我們現在該怎麼做呢？明明知道美麗需要幫忙，可是又幫不上，這要怎麼辦？」惠敏急切的問著郭老師。

「很多時候，就是要保持觀察，等待機會。」郭老師提醒著惠敏。

「會不會機會永遠不會出現？」惠敏問起來。

「也有可能。」郭老師點點頭。

「那……這樣等待，好嗎？」惠敏說道。

「邊走邊看吧！硬要去創造機會，也不見得對事情有益。」郭老師不斷的跟惠敏說要有耐性，可能惠敏很聰明，什麼事情一學就會，才會這麼沒有耐性。

「可是惠敏在教我功課都很有耐心。」琇琇以為郭老師在說惠敏的不好，趕緊幫她講話。

「老師不是在批評惠敏，而是把她自己看不見的地方指給她看。」郭老師跟琇琇說明著。

「郭老師，我知道了。謝謝妳。」惠敏心平氣和的跟郭老師致謝。

「郭老師……」躲在一旁的炳昌突然發出聲音。

「炳昌，怎麼會在這裡？」郭老師嚇了一跳。

「我想跟妳說，可以讓美麗去找輔導室的謝老師。」炳昌建議著。

「啊！我怎麼沒想到。」郭老師覺得炳昌說了一個好點子。

「你怎麼知道要找輔導室的謝老師啊？」琇琇好奇的問著炳昌。

「我上次被校外的壞人嚇到，就是去找輔導室的謝老師。」炳昌振振有詞的說著。

「那好，郭老師找機會跟美麗說，謝謝炳昌的建議。」郭老師點點頭，然後要三位小朋友回教室去。

這個時候，美麗也回來教室，炳昌的個性跟惠敏一樣急，他立刻跟美麗說：

「美麗同學，妳要不要去輔導室找謝老師？」

「我為什麼要去輔導室找謝老師？」美麗又是沒好氣的回答。

「跟謝老師談一談，心裡會舒服很多喔！」炳昌邊說還邊做出手勢，好像胸口上的一大塊石頭落下來一樣。

「你們少管我，行嗎？」美麗又吼了起來。

「我只是好意啦！」平常講話也很大聲的炳昌，被美麗的嘶吼聲壓得聲音低低的。

「我不要，可以嗎？」美麗又大聲的喊了。

而且她好像說不過癮一樣，繼續說著：「你們有多瞭解我啊？你們都過得很好，哪裡知道我的害怕啊？」

這話一說出來，美麗好像也被自己嚇到有點愣住。炳昌就說：「我也有害怕啊！上次高年級學長的事，我還害怕到尿床了。」

「尿床！」

「炳昌你這麼大還尿床？」

同學們開始取笑著炳昌，但是美麗似乎發現，炳昌是為了讓她知道別人也有害怕，就拿自己最不想讓別人知道的事情來拆穿，美麗有點不知道該如何回答，也有些許感動。

除了同學們取笑炳昌尿床的嘻笑聲，教室頓時沒有其他的對話，而走廊上來了兩個不曾見過的人。

兩個警察叔叔。

大家都以為他們是來查上次炳昌遇到的事情。不過這兩位叔叔，出乎大家意料之外，卻是前來找美麗的。

04 人民保母

「小李叔叔、老王叔叔……」美麗開心的叫著兩位警察叔叔，並且朝他們狂奔而去。

同學們有點面面相覷，因為很難想像美麗會這麼熱情的迎接人，況且還是兩位警察。

「你們怎麼會來學校？」美麗問著兩位警察。

「正好查案子經過學校，想來看看妳，來……這是我們警察局做的茶葉蛋，請班上同學吃，趁熱吃喔！」老王叔叔提著一大袋的茶葉蛋，要美麗趕快分給班上同學，然後就離開一年六班教室。

兩位警察並沒有離開學校，而是去教師休息室找美麗的級任老師。教師休息室裡面來了兩位警察也是讓人頗為側目。

「請問一年六班的級任老師是哪一位？」兩位警察問起。

「我……是……」郭老師舉起手。

「請問怎麼稱呼？」警察問著郭老師。

「敝姓郭，那兩位呢？」郭老師反問起，然後郭老師知道來的是李警官和王警

官。

「我們是來找郭老師談談廖美麗的事情。」比較年輕的李警官說。

「美麗怎麼了嗎？」郭老師嚇了一跳，以為美麗做了什麼犯法的事情。

「那倒是沒有，只是最近我們知道美麗的阿嬤企圖自殺，被鄰居攔住，想說來學校跟老師說一聲，請郭老師幫忙留意一下。」王警官把整個過程說了一遍。

「我是知道這個孩子很辛苦，但是問她什麼都不肯說，班上同學也都很想親近她，卻老是不得其門而入。」郭老師搖頭嘆息。

「美麗這個孩子，其實很自卑，她的爸爸喝酒又常常沒有工作，媽媽受不了就拋棄他們走了，這件事在美麗的心裡一直抬不起頭來。」李警官心疼的說道。

「她一直覺得連自己的媽媽都不要她了，還會有誰要她呢？」王警官跟郭老師說著自己的觀察。

「可能是這樣，上次我們校外教學，她才會那麼難過。」郭老師說道。

「什麼校外教學？」李警官問起來。郭老師就把美麗沒上遊覽車，並且沒人發現的事情，跟兩位警官說明。

「我們認識這個孩子這麼久，這是她心裡最大的恐懼吧！總是怕別人不要她。」李警官說著，還拿出手帕偷偷的擦眼淚。

「怎麼會沒有人要她？阿嬤要她，警察叔叔要她，老師同學都很想對她表達他們的愛啊！」郭老師急著說道。

「我們相信郭老師的愛心，我們沒有要來指責老師的意思，只是美麗的家庭狀況比較特殊，想請郭老師多費點心。」王警官解釋著。

「會的，她有警察先生照顧她的生活，基本生活沒有問題，對了，美麗的家到底是靠什麼維生的？」郭老師問起。

「這也是她不想提起的事，美麗家就靠她拾荒來過日子，我們警察局也有幫一點忙。」看起來很古意的李警官說著。

郭老師這才明白美麗的家庭狀況。

「真的很不好意思，我自己的學生，竟然要警察來跟我說她家的狀況，我真的當老師的實在很丟臉。」郭老師靦腆的說。

「郭老師快別這麼說，我們也是無意間發現的，應該是那個孩子跟我們有緣，我們都覺得她是我們警察局的孩子，是抱著當家長的心態來學校關心她的狀況。」王警官說道。

「會的，我一定會盡力的。」郭老師打包票。

「如果有什麼需要我們幫忙的地方，學校也在我們轄區，就請老師不要客氣，跟我們說一聲，一定會立刻處理。」

「是啊！也可以直接打我們的分機。」李警官和王警官還把他們警察局裡的分機給郭老師，有事情可以直接找他們。

就在同一時間，教室裡頭也沒閒著。有同學問著美麗：「妳怎麼會認識警局叔叔呢？」

邊吃著茶葉蛋的美麗，不知道從何說起，就問那位同學說：「你問這個要做什麼啊？」

「嗯……」這位問話的同學有點不好意思。

「沒關係，你說，小李叔叔和老王叔叔人都很好，他們都是好警察，都很樂意照顧我們，他們常說自己就是人民保母。」美麗難得在班上話多。

「美麗，妳說起警察，就滿健談！」炳昌像是發現新大陸一樣的跟美麗說。

「可能他們都對我很好。」美麗淡淡的說了這麼一句話。

「這個茶葉蛋真的很好吃……我想叫我媽媽跟警察叔叔學怎麼做，然後做給我吃。」先前問話的同學這麼說。

「你真的很貪吃。」

「警察還要教怎麼做茶葉蛋喔？」

同學們你一言、我一句的說著，只見美麗想了想說：「我可以幫你去問小李叔叔和老王叔叔。」

這時候大家突然覺得，美麗也不是個冷冷的旁觀者。

這天放學時，炳昌和榮杰結伴一起回家，兩個男生在路上打打鬧鬧的，突然榮杰就停在路邊……

「你怎麼了？被我打呆囉？」炳昌嘻皮笑臉的問著榮杰。

「不是，你看一下……前面走的那個人，是不是我們班的廖美麗啊？」榮杰問著炳昌。

「好像是耶！」炳昌看了看後，跟榮杰點點頭。

「她在做什麼呢？」榮杰看不明白，因為美麗拖著一個大袋子，裡面看起來塞滿了東西，只見美麗非常努力的把那一堆很重的東西往前拖著走，走幾步路就要稍微停下來喘口氣。

「我們要不要去幫忙，只是站在這裡一直看嗎？」炳昌問著榮杰。

「看一下好了，看她到底在做什麼？要不然我們去幫忙，她又不肯跟我們說發生什麼事情。」榮杰建議著。

「嗯……這樣比較好，你讀的書多，好像這樣真的比較好。」炳昌說道。

兩個男生就看著美麗拖起大袋子，在路上看到破銅爛鐵也會撿起來丟進袋子。

他們跟著美麗到了警察局門口……

美麗把那一堆撿來的東西給了警察叔叔，叔叔又把一個袋子交給美麗。

「那又是在做什麼？」炳昌問道。

「不知道耶！我們繼續跟著看下去好了。」榮杰建議著。

「可是……太晚回家怎麼辦？要怎麼跟我們的家人說？」榮杰自己想想又有點

不對勁。

「這樣好了，我打電話回家說要去你家玩，你打電話說要去我家玩，這樣不就行了？」炳昌賊頭賊腦的眼神又流露出來。

「周炳昌，這種鬼點子你最多了。好！那我們來打公用電話。」榮杰跟炳昌就翻起零錢、找公用電話。

就在炳昌和榮杰搞定家人之際，美麗也離開了警察局，兩個小男生就跟在美麗的後頭，看她到底在做什麼。

「我們這樣好像日本漫畫說的痴漢喔！」榮杰不好意思的對炳昌說。

「才不是呢！我們是在關心同學。這樣也是剪刀石頭布小組。」炳昌說得振振有辭的。

「只要湊滿三個就是剪刀石頭布小組嗎？」榮杰嘻皮笑臉的問炳昌。

「互相保護安全就是剪刀石頭布小組啦！」炳昌正氣凜然的說道。

炳昌和榮杰覺得美麗應該是在回家的路上。「那她家住得滿遠的。」榮杰對炳昌說。

看著美麗小小的身軀，拎著一袋東西，步伐快速，炳昌覺得滿奇怪的說：「她怎麼走得這麼趕？好像在趕路一樣。」榮杰也是一頭霧水，跟炳昌聳聳肩表示完全沒有想法。

等到美麗進到家裡，炳昌和榮杰在窗口偷看著，只見美麗從手上的提袋拿出一碗湯和白飯，還有一塊滷豆腐跟阿嬤說：「阿嬤，快來吃晚飯，妳一定很餓了，對不對？」

美麗的阿嬤說：「我的乖孫，妳先吃，阿嬤不太餓。」

「怎麼可能不餓，阿嬤，我在學校有營養早餐可以吃，妳又沒有上學，吃得比較少，這是警察局叔叔幫我們留的飯菜，吃剩的我還可以裝便當，妳盡量吃，不要留給我。」美麗對阿嬤說道。

「妳要長大，阿嬤已經老了，妳先吃，然後裝好便當，我再來吃。」阿嬤還是遲遲不肯上桌。

「阿嬤，這樣我要生氣囉！」美麗假裝生氣的樣子。

「阿嬤真的怕我的乖孫營養不夠。」阿嬤還是沒有動筷子。

這一幕看在窗戶外邊的炳昌和榮杰的眼裡，感覺好不心酸。

「真的有人沒飯吃啊！」榮杰心疼的說道。

「原來媽媽說的都是真的，以前我吃飯剩很多時，媽媽就罵我浪費，也不想想人家沒飯吃的人，連這樣剩下的飯菜都很珍貴。」炳昌這麼說時，眼裡滿滿的都是不捨。

炳昌和榮杰看天色已晚，兩個往回家的路上走，一路上兩個人都若有所思。

「美麗和她阿嬤真的過得很辛苦。」炳昌先開了口。

「比起來，我們真的幸福太多了。」榮杰也這麼說。

「其實學校有營養早餐，還有幾天也有營養午餐。」炳昌提起來，原來學校的這些福利，還是幫助到不少有困難的同學。

「這一陣子，不是每天都有營養午餐呢！」榮杰提到。

「那是因為學校的經費不夠，你還記得開學那一天來的銀行家老伯伯嗎？他有答應要撥錢給我們學校，這樣上全天課的時候，同學們都有營養午餐可以吃了！」炳昌跟榮杰解釋著。

「怎麼這麼慢呢？錢怎麼還不來呢？」榮杰又問。

「好……我明天上學的時候去問校長。」炳昌很有義氣的說道。

走到一半，炳昌和榮杰回頭看看美麗家微弱的燈火，他們兩個的心情都有些沉重。

「炳昌，你會不會覺得，這個世界好像怎麼幫都幫不完？」榮杰嘆了好大的一口氣。

「不要這樣說啦！」但是炳昌說到這裡，也跟著嘆了一口氣。

「我還記得剛開學的時候，大家都在想怎麼幫琇琇，等到琇琇家裡變得好一點點，又冒出個美麗，好像怎麼做都做不完一樣？」榮杰搖著頭說。

「你是覺得很煩嗎？」炳昌搞不懂榮杰在說什麼。

「我不是煩，而是覺得……哎喲……我也說不清楚啦！」榮杰不知道該怎麼確切的表達自己的意思。

「就是很難過吧！」榮杰簡短的說道。

「咦……」炳昌突然想起什麼一樣。

「怎麼了嗎？」榮杰被炳昌嚇了一跳。

「我想想……我想想……我上次好像有聽我阿嬤說過這種事情，讓我想一下喔……」炳昌「用力」的想。

「什麼啊？」榮杰斜著眼看了一下炳昌。

「我想起來了，是上次我們去拜拜的時候……」炳昌興奮的說道。

「這跟拜拜有什麼關係？」榮杰不以為然的問。

「我爸爸有一陣子工作得很煩，事情很多，阿嬤就要我們全家一起去個地方拜拜……」炳昌說了起來。

「我在跟你說這個，你在跟我說什麼啊？」榮杰不明就裡的問道。

「有關！有關！你慢慢聽我說。」炳昌要榮杰不要插嘴。榮杰就擺出一個鬼臉給炳昌看。

「我爸爸邊開車邊說，他在工作上不斷的要被派去支援別人，可是每次幫完一個，另外一個又出問題了，他好像怎麼幫都幫不完，就像榮杰剛剛說的一樣，我爸爸覺得很累，好像有一種……啊！那要怎麼說呢？就是沒有力氣……」炳昌想了好久還是說不出那個名詞。

「無力感。」榮杰補充說明。

「對！我爸爸說的就是這個詞！湯榮杰，你真棒！讀很多書的人還是不一樣。」炳昌笑道。

「你好好開始讀書也可以這樣啊！」榮杰鼓勵著炳昌。

「可是我比較喜歡用聽的，不喜歡用讀的，但是我媽媽那種很愛唸的，我也不喜歡聽就是了。」炳昌吐了吐舌頭。

「那你繼續跟我說，你阿嬤怎麼跟你爸爸講？」榮杰很有興致的聽著。

「我阿嬤說了一個故事，她說她拜的一尊什麼菩薩，我忘記名字了，有一天也跟你和我爸爸想得一樣，祂也覺得很累、很累，結果就從天上墜落，破碎成千萬片，這個時候從四面八方來了很多神明、菩薩，一起幫這位菩薩的忙，把祂補起來，這尊菩薩感動萬分，原來祂不是孤單的。」

「我阿嬤說，人就是要來互相幫助，大家一起來，就不會覺得累！也不會覺得孤單。」炳昌認真的說道。

「很有道理耶！」榮杰同意的點點頭。

「我爸爸也這麼說，而且爸爸當場就想把車開回家，不去拜拜，爸爸說阿嬤說的比神仙厲害，不用去拜了！」炳昌笑嘻嘻的說。

「那結果你們有去拜拜嗎？」榮杰這麼問道。

「當然有，要不然會被我阿嬤打死囉！」炳昌睜大眼睛說，但是突然炳昌又想到了……

05 資源回收

第二天到學校，炳昌趁美麗還沒有進教室，就跑到教室前面跟同學們說起自己的計畫。

「各位同學，讓我們一起幫美麗做資源回收。」炳昌把美麗家大概的情況跟同學們解釋，然後請大家一起幫忙做資源回收。

「原來是這樣啊！」班長惠敏若有所思的點點頭。

「我們就用剪刀石頭布小組分組，一起來做回收比賽，贏的那組，我的iPad讓他們拿回家玩一個禮拜。」榮杰很豪氣的這麼說。

「真的嗎？可以讓我們拿iPad回家玩一個禮拜？」

「這樣我要認真一點。」

同學們七嘴八舌的說道，炳昌則是好奇的問著：「如果是我們這個小組贏的話，就是我和博懷兩個人輪流拿iPad回家去玩嗎？」

「是啊！」榮杰爽快的點點頭。

「這樣我也要很認真的做。」炳昌做出一個勝利的手勢。

炳昌真的說到做到，下課鈴一響，他就跑到操場外面，看有沒有可以撿回來回收的垃圾。

「炳昌，你在找什麼啊？」校長看到炳昌認真的找東西，以為他掉了重要的物品。

「校長，我在做資源回收。」炳昌很高興的這麼說。

「你偷了我的點子喔！」校長笑著直說。

「為什麼？我們班是要幫美麗同學。」炳昌完全不知道自己偷了校長哪一個點子。

「本來我想在學校裡面好好做資源回收，看可不可

以幫學校增加一點收入。」校長這麼解釋。

「是這樣啊？可是我們班想幫忙美麗！」炳昌非常認真的強調著，還要校長另外再想辦法。

「嗚……」校長故作傷心狀。

「沒關係的，校長，我們先幫美麗找，等到美麗的狀況好一點，我們再來幫忙學校，你說好不好？」炳昌覺得要給校長一些「鼓勵」。

「好吧！」校長苦笑著。

「對了，那位銀行家老伯伯說要幫忙我們學校，你要快一點喔！」炳昌提醒著校長。

「怎麼了？」校長反問道。

「我們班有同學吃飯都出問題了。」炳昌說著。

「會的、會的，我會盡量快一點處理好公文的流程。」校長認真的對炳昌點點頭。

「那我去找資源回收了，不跟你聊囉。」炳昌想起來可以去焚化爐附近找找，

或許會有東西丟在那附近。

「你忘記了嗎？炳昌，要跟自己的剪刀石頭布小組一起行動。」校長叮嚀著炳昌。

「對啊！我真的忘了。」炳昌這才趕快跑回教室找榮杰和博懷，晚點陪他去焚化爐那裡找找。

炳昌回家之後也跟全家人「宣布」說：「請記得幫我留著可以做資源回收的垃圾。」

「怎麼突然要做資源回收？」周媽媽忍不住問道。

「要幫美麗啦！」炳昌就把這個前因後果都解釋給媽媽聽。

「怎麼這麼嚴重？」周阿嬤心疼的說，還問要不要幫美麗準備吃的給她，這樣還比較直接。

「可是美麗很有骨氣，如果直接給她吃的，不知道她會不會不高興。」炳昌有點擔心的說道。

「這的確也要顧慮。」周阿嬤點點頭。

「所以還是直接幫美麗回收垃圾，這樣她可以多賺點錢。」炳昌還特別點名爸爸要幫忙。

「為什麼是我？」周爸爸非常不解。

「爸爸老是有很多電池亂丟，我在垃圾桶裡面有看到，這都是可以回收換錢的。」炳昌指指爸爸這麼說。

「你看，被孩子抓包了！」周媽媽取笑著自己的先生。

「有的時候，真的是因為懶惰，也知道要回收，可是圖個方便，就直接丟到垃圾桶裡面去。」周爸爸有點不好意思的回答。

「沒關係，爸爸現在把這些電池都給我，我可以送給美麗。」炳昌兩手一伸，要爸爸現在就找找有沒有廢電池。

結果那一天，爸爸從抽屜裡東翻西找，找出八十幾個用過的電池。

「你怎麼會有這麼多的電池呢？」周媽媽不解的問爸爸。

「太多地方需要電池了，而且我很討厭聽隨身聽和用電器用品時，有條線連著電源，情願裝電池，就產生這麼一大堆電池出來。」周爸爸看到自己清出這麼多的電池，也覺得嚇人。

「太好了！太好了！廢電池好像可以換比較多的錢。」炳昌很認真的數著電池，感覺好像在數錢一樣。

「你是不是該去換可以回充的環保電池呢？」周媽媽看到這麼一大堆的廢棄電池，覺得周爸爸應該要尋求改善。

「是啊！這樣看起來應該要買環保充電電池才對。」周爸爸看起來一副很頭疼的模樣。

「不行！不行，如果爸爸換成環保充電電池，我就沒有廢棄電池的來源了，那美麗要怎麼辦？」炳昌緊張的說道。

「這樣不可以喔！周炳昌，我們做資源回收的本質就是要環保，怎麼可以為了要給同學多一點錢賺，就要爸爸繼續使用不環保的電池呢？」周媽媽臉色一沉的說著。

「是啊！不能這樣。」周爸爸也同意的點點頭。

「早知道就不要提醒爸爸，我自己去垃圾桶撿就好了。」炳昌嘟著嘴說。

「炳昌，你不要這樣想，你要想自己可以去開發出平常沒注意到可以回收的物品，這樣既環保，又可以幫助同學。」媽媽不斷的提醒著炳昌這點。

「好啦！好啦！知道了。」炳昌心不甘情不願的點點頭。

第二天到學校，一年六班全班簡直是拿來一座小山的回收物品，全部堆在教室的最後面。

「這樣一來可好了！郭老師就不能罰同學站了，因為後面已經堆到沒有地方可以站了。」炳昌笑著說道。

「這麼多的東西，是要做什麼的？」美麗一來，看到像座小山一樣的回收物品，問起旁邊的同學。

「美麗，這些都是要給妳的。」惠敏班長這麼對美麗說。

「給我？」美麗頗為驚訝。

「這些都是我們從家裡找來的資源回收物品，妳可以拿去給警察叔叔。」炳昌開心的說道。

「是……警察叔叔告訴你們的嗎？」美麗沒想到同學們已經知道她在做資源回

收的事情。

「妳不要生氣喔！」

「千萬別生氣，我們是在警察局門口看到的。」

炳昌和榮杰很怕美麗會大發雷霆，連忙要她別生氣。

「啊……這樣……」美麗有點說不出話來。

「美麗，這樣其實也是在幫助我們家，妳看，我爸爸用過的電池都亂丟，這次找出來後，他也要換充電的環保電池。」炳昌急忙解釋給美麗聽，這不僅僅是在幫助美麗，也是在幫助自己家。

「真的，美麗妳過來看，這些衣服，是我陪媽媽一起整理出來的，這樣一找才發現家裡堆了很多東西。」惠敏也把她帶來的東西指給美麗看看。

「大家……可是……」美麗有點不知所措的樣子。

「美麗怎麼了？」炳昌擔心自己又觸怒了美麗。

「不是，是這麼多，我不知道該怎麼搬？」美麗有點不好意思的回答。

「沒關係。」郭老師這時候也走進教室。

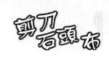

「我們可以幫妳搬啊！」炳昌指著自己剪刀石頭布小組的成員。

「李警官和王警官之前跟我說過，有什麼事都可以請他們幫忙。」郭老師這麼說道。

「大家……為什麼……要對我這麼好？」美麗疑惑的問全班同學。

「妳是我們同學啊！」

「這很正常。」

同學們紛紛說道。

「炳昌的阿嬤說過一個菩薩的故事。」榮杰把那天從炳昌那裡聽來的故事，又講了一遍。

「是啊！我們每個人做一點點，集起來就有很大的力量了。」惠敏深有同感的點點頭。

「我要來比比看！」炳昌非常興奮的要同學們把自己帶來的東西，按照剪刀石頭布小組的分組。

「我們這組第一名！」炳昌、榮杰和博懷非常得意的站在椅子上，接受全班同學的鼓掌。

「郭老師，妳沒有拍手！」炳昌突然發現郭老師忙著看那一堆像小山一樣的東西，手竟然都沒鼓掌，馬上指著郭老師。

「不好意思……」郭老師像是被電電到一樣，趕緊拍起手來。

從這以後，炳昌倒垃圾可倒得非常起勁……

「這是誰喝的鋁箔包，這可以回收喔！不要亂丟在可燃的垃圾桶，倒進焚化爐就太可惜了。」炳昌常常在教室裡這樣吼著。

有時候惠敏會跟炳昌說：「你可以放輕鬆點嗎？你抓得這麼緊，我現在丟垃圾都好緊張，害怕你的聲音在我耳朵邊響起。」

「劉惠敏，妳很奇怪耶！以前我不認真的時候，妳就會來唸我，現在我這麼認真做事，妳也要唸我，我是跟妳有仇喔？」炳昌覺得惠敏很煩。

「好好好，隨便你，我不說就是了。」惠敏給了炳昌一個白眼。

「炳昌，你不用這麼累啦！其實同學們這樣幫助我，我已經賺到比以前多很多的錢，阿嬤還說這樣很不好意思，我們以後怎麼還？」美麗說起阿嬤跟她說的一些話。

「這個客家蘿蔔糕是我阿嬤做的，想請班上同學吃。」美麗從書包裡拿出一袋袋的蘿蔔糕，放在每個同學的桌上。

「美麗，妳不要這麼客氣，你們自己留著吃就好了。」榮杰這麼對美麗說。

「這是阿嬤自己做的，沒有花到很多錢，阿嬤說要謝謝同學們這麼幫忙我們家，這是一點小意思啦！」美麗說道。

「這個客家蘿蔔糕好好吃喔！我從來沒有吃過這樣的蘿蔔糕，蘿蔔的味道好濃！」炳昌咬下蘿蔔糕的第一口，就哇哇大叫非常好吃。

「真的嗎？」美麗笑得十分開心。

「美麗，可以跟妳阿嬤訂蘿蔔糕嗎？」惠敏問著美麗。

「不用啦！如果妳喜歡，我就請阿嬤再做給妳就好。」美麗有點不好意思的說道。

「我們家拜拜都是用素的食物，蘿蔔糕一定可以，所以想請妳幫我們做些蘿蔔糕，如果妳不肯收錢，我就不要請妳做了。」惠敏很堅持要付費，因為她說拜拜的東西本來就要用買的，要美麗不要這麼客氣。

「美麗，妳阿嬤做的蘿蔔糕這麼好吃，我們大家可以幫忙問一問，如果有誰要的話，就跟妳阿嬤訂，這樣也可以做生意，不是很好嗎？」炳昌想到又幫美麗開發出新的財源，他感到非常高興。

「真的有這麼好吃嗎？」美麗好奇的問道。

「是很好吃啊！」炳昌點點頭。

「沒有吃過的口味。」

「美麗的阿嬤真是厲害。」

「比外面賣的都好吃。」

同學們紛紛給予美麗肯定。

「太好了！我要回去跟阿嬤說，要不然阿嬤之前還差點要去自殺，說她是個沒用的老人……」美麗說到一半，才發現自己說溜嘴。

「為什麼美麗的阿嬤要自殺啊？」琇琇小心翼翼的問著。

「啊……沒啦……」美麗覺得自己實在是說多了。

「沒關係，妳不想說就算了。」琇琇說不要勉強美麗。

美麗有點欲言又止的模樣，吞吞吐吐的，話好像到了嘴邊又吞了回去。

06

感恩

「其實……」美麗想了一下，還是說出口。

「沒關係的，美麗，妳不說也沒關係。」琇琇看到美麗的神情，想說不要太勉強美麗。

「阿嬤覺得她年紀大了沒有用，也沒辦法賺錢，會拖累我，她就想自殺減輕我的負擔，還好被鄰居發現。」美麗簡單的講了一下。

「美麗，郭老師今天跟妳一起回家做家庭訪問，老師會跟阿嬤談談，要她安心。順便也想跟阿嬤訂一些客家蘿蔔糕。」郭老師這麼說道。

「郭老師，妳不用買啦！我請阿嬤做給妳吃就好。」在小一新生的心裡，老師是很大的，聽到郭老師還要買阿嬤的客家蘿蔔糕，美麗感到非常不好意思。

「是我們教師休息室裡面許多老師要吃的，大家想說一起訂，可以帶回家跟家人分享。」郭老師堅持不讓美麗用送的。

「可是……」美麗很猶豫的樣子。

「阿嬤會不會做一種客家草仔粿？」郭老師好奇的問道。

「會啊！阿嬤做的草仔粿很不一樣，吃過的人都說好吃。」美麗覺得郭老師怎麼那麼會點，一點就點到阿嬤很會做的。

「哈……我以前讀大學的時候，有個室友是客家人，她阿嬤也是很會做這種客家蘿蔔糕、客家粿，我在外面買過，都沒有她阿嬤做的好吃。美麗阿嬤做的蘿蔔糕，我一吃就知道阿嬤很會做粿。」郭老師非常得意的笑著。

「郭老師喜歡就好。」美麗靦腆的點點頭。

「美麗，那我回家問問我媽媽要不要買？」

「可不可以明天再跟妳訂？」

同學們紛紛這麼問道，只見班長惠敏端出班長的架子說：「各位同學，要買美

麗阿嬤做的粿，要先來跟我登記，而且要先繳錢給我，我們先付錢給美麗的阿嬤，她才好去買材料，知道嗎？」

「要多少錢啊？」有同學這麼問。

「嗯……這我就不知道了。」惠敏吐吐舌頭。

「郭老師今天問問美麗的阿嬤，再來跟同學們說。」郭老師今天要跟美麗一起回家，她說可以直接問阿嬤。

「郭老師，要讓美麗的阿嬤賺到錢喔！不可以像我媽媽去菜市場那樣一直殺價，知道嗎？」炳昌認真的提醒郭老師。

「Yes sir」郭老師耍寶的跟炳昌敬禮，炳昌也真有這麼一回事似的跟郭老師回敬禮。

「可是……」美麗又吞吞吐吐的。

「還有什麼事情嗎？」郭老師問著美麗。

「郭老師，我今天要送資源回收的東西去警察局，可能沒有辦法跟妳回我家。」美麗這麼說道。

「沒關係，妳跟郭老師先回家好了！」炳昌很有義氣的站出來，而且還硬拉了榮杰一塊。

「你是怎樣？」榮杰猛被拉了一把，差點重心不穩。

「我是說我們兩個可以幫美麗把同學們帶來的資源回收物品，送到警察局那裡，這樣美麗就可以跟郭老師先回家去了。」炳昌建議著。

「好啊！」榮杰也是一口答應。

「我們是剪刀石頭布小組的，校長說要三個人一起行動。」博懷也說他要一起參加。

「你不是說美麗都是一張『屎』臉嗎？」炳昌取笑著博懷。

「你這個人很壞耶！你這樣說很『賤』耶！」博懷抗議著。

「不要用這個字，博懷！」郭老師提醒博懷。

「炳昌很……」博懷氣得要命，好像不罵一下炳昌就不過癮，偏偏郭老師又盯著自己，博懷只好補瞪了炳昌一眼。

「炳昌，你這樣也不對！」郭老師轉而向炳昌耳提面命。

「博懷真的有這樣說啊！」炳昌又死不認錯。

「我們不可以把別人的話拿來說，然後擺出跟自己一點關係也沒有。只要從我們嘴巴裡說出來的話，就是代表我們自己的意見。」郭老師這麼說道。

「所以郭老師的意思是說，是我說美麗是『屎』臉嗎？」炳昌自己說著，都笑了出來。

「你會引用，表示你覺得這個說法好玩，這種說法很新鮮，沒錯吧？」郭老師俏皮的問著炳昌。

炳昌想了想後，慢慢的點了點頭。

「郭老師，沒關係啦！我之前真的常常擺臭臉，這是真的。」美麗覺得博懷也沒說錯。

「老師只是不希望班上的小朋友出去，講話非常八卦，也希望我教出來的小朋友，能夠為自己說的話負責。」郭老師再三強調。

炳昌嘟著嘴巴點點頭。

那天放學，炳昌、榮杰和博懷一起拖著資源回收的東西到警察局去，一路上炳昌仍然哇哇叫著：「這滿重的！」

「是啊！美麗個子那麼小，她怎麼有辦法拖那麼多的東西啊？」榮杰忍不住好奇起來。

「我們三個男生還拼不過美麗嗎？」博懷死命的撐著，叫都不肯叫一聲。

「今天怎麼換三個壯丁來了？那美麗呢？」小李叔叔、老王叔叔看到三個小男生來，都非常驚訝。

「郭老師跟美麗一起回家，做家庭訪問，所以我們幫美麗送東西來警察局。」炳昌跟兩位警官解釋著。

「謝謝你們喔！你們班同學真的很有愛心，美麗在你們班上我很放心。」老王叔叔說道。

「警察叔叔，這個世界上好人很多啦！你們不要擔心。」炳昌張著嘴笑道，剛掉的門牙都還沒長齊呢！

「可能我們一天到晚抓壞人，都忘記了這個世界上有很多好人。」小李叔叔自嘲著說。

「真的是這樣，以後要常常去一年六班拜訪，多多吸收好人的氣息。」老王叔叔話還沒說完，就轉身跑進警察局裡面。

「那以後這樣好了！就由你們三個男生來送資源回收的東西，讓美麗休息好了。」小李叔叔笑著說道。

「很累耶！」「啊……」三個小男生哇哇叫著。

老王叔叔這時走出來說：「這裡有幾顆茶葉蛋，很好吃，我們警察局的茶葉蛋滿有名的，你們拿回去給家人嚐嚐。」老王叔叔拿出三袋茶葉蛋，一包包的給三位小朋友。

「要不要幫美麗送去？」炳昌好奇的問著。

「沒關係，美麗常常拿，而且她說最近有同學的幫忙，收入好許多，她也可以幫阿嬤多買些愛吃的東西。」老王叔叔要三位小朋友不要擔心美麗。

「本來就是，一天到晚只吃茶葉蛋，也是會吃煩的，對不對？」小李叔叔跟著說道。

「好香喔！」炳昌打開袋子，深深的吸了一口，然後抓出一顆茶葉蛋，就在警

察局門口吃起來了。

「你又不是沒吃過！上次小李叔叔、老王叔叔來學校的時候，你就吃過了啊！」博懷看著炳昌貪吃的模樣，忍不住笑起他來。

「我現在肚子有點餓了！」炳昌捧著肚子說。

「對喔！你們要趕快回家吃飯，要不然爸爸媽媽會打電話來警察局找人！」警察叔叔趕著三個小朋友回家去。

在走回家的路上，炳昌突然冒出一句話說：「對了！湯榮杰，你的iPad要借我和博懷回家去玩！」

「對！我們都忘記了。」博懷這時候也想起來。

「我……以為……你們都忘記這件事了，還很高興呢！」榮杰看起來有點為難的模樣。

「你不可以說話不算話！」炳昌指著榮杰。

「我不是說話不算話，是……」榮杰有點不想借出iPad的樣子。

「那是怎麼樣？是小氣嗎？」博懷講話總是有點尖銳。

「也不是小氣！是我最近很喜歡打憤怒鳥，都快破紀錄了，就很想多玩一下子。」榮杰解釋給兩位好哥們聽。

無奈只要講到電玩之類的玩意，再好的哥們也要明算帳。「你不可以這樣，賴皮喔！」炳昌假裝有點生氣的模樣。

「我回家找資源回收的東西找得很辛苦！我媽還說我平常幫忙打掃有這麼認真就好了！」提及iPad，博懷也斤斤計較起來。

「我們正在排隊買iPad2，可不可以等新的iPad來，就把這台借你們，你們愛玩多久都可以！」榮杰跟兩位同學畫起大餅。

「湯榮杰，你不要以為只有你看報紙喔！我也會陪我阿公、爸爸看電視新聞，這要排很久，iPad2沒有那麼容易買到。」炳昌說榮杰這樣有點詐。

「我不是詐！只是……很想……過關！」榮杰嘆了一口氣，還是把iPad從書包裡翻了出來。

「我先拿回家玩！」博懷搶在炳昌的前面。

「好吧！你玩三天，就輪到我喔！」炳昌跟博懷提醒道。

「好！」博懷滿臉歡欣的把iPad收進書包。

「那你之後玩三天後，就要還我囉！」榮杰很認真的對炳昌說。

「會啦！會啦！」炳昌說榮杰這次借iPad給他們，實在有點不乾脆。

「就是很想玩憤怒鳥啊！而且抓了幾本新書，也只能從iPad上看。」榮杰直呼可惜，他說書也只看了一半。

「買書會不會很貴？」炳昌好奇的問道，之前榮杰借他iPad時，他只顧著玩電玩，從來沒有想去看電子書。

「比紙本的書便宜，不過……說起書，周總統你不是說每個星期要看一本書嗎？」榮杰問著炳昌。

「周總統最近忙著幫助班上的同學，事情太多，以致於沒時間看書。」炳昌揶揄起自己。

「裡面有一本賽局理論的書很好看喔！」榮杰這麼說道。

「那是什麼？」博懷問榮杰。

「是一本數學的書，但是寫得很好看。」榮杰解釋著。

「你怎麼會看這種書？」炳昌明明記得榮杰喜歡看小說。

「這本數學的書寫得跟小說一樣喔！」榮杰說這是阿公介紹給他看的書，而且現在很多出版社會送一些電子書給讀者，抓下來看都不用錢，像他看的這本賽局理論的書就是這樣。

「還有這麼好的事情？」炳昌覺得電子書真的很方便，抓下來看如果還不用錢，這樣不就沒有人去書店買書？

「一定要用這種電子書的瀏覽器才能看，所以還好。」榮杰解釋給炳昌跟博懷聽。

「我阿公說，他如果早一點知道這個賽局理論，現在就輪不到蘋果來賺平板電腦的錢了！」榮杰說起自己會用iPad這樣的平板電腦，都是因為阿公的緣故，是阿公介紹給他的。

「少來，是你喜歡玩裡面的遊戲，不要推給阿公。」炳昌說榮杰這樣的「詭計」，他最明瞭。

「是真的！我阿公就是做電腦才賺很多錢的，只是他現在年紀大、退休，不過仍然是公司的董事。」榮杰說明著。

「真的嗎？」炳昌覺得自己真是有眼不視泰山，每次去榮杰家玩，只知道湯阿公和阿嬤對他很好，一點都不知道湯阿公還是個電腦企業家。

「是的！阿公十幾年前就做過平板電腦了，還有上市，但是賣不好，很快就把這個計畫收掉了。」榮杰說起阿公的「事蹟」。

「怎麼可能？現在這麼多人想要平板電腦！我也好想有一台，只是媽媽說我太浪費了，有一台桌上型電腦還不夠？我只是個小孩，又不是生意做很大，隨時要檢查電子郵件，要什麼平板電腦？」炳昌說媽媽不喜歡他一天到晚泡在電腦裡，媽媽一直覺得這樣對眼睛不好。

「我阿公也說，因為是我很喜歡讀書，他覺得小孩要先喜歡讀書再讓他用電腦網路，這樣才不會被電腦網路教笨！」榮杰的阿公把所有的精神都放在榮杰身上，所以榮杰知道的事情比起同年齡的小孩多很多。

「以後我去你家玩的時候，有問題也可以跟湯阿公多請教，湯阿公知道很多事情耶！」炳昌驚訝的說著。

「我阿公是個企業家，只是爸爸過世之後，他就退休了，但是阿公分析起很多事情，都很有道理。」榮杰跟炳昌點點頭。

「可是好奇怪，為什麼以前你阿公做平板電腦會做不好，現在的平板電腦就這麼流行，想買都買不到！」博懷對於這點也感到很好奇。

「我阿公說，那個賽局理論的書裡有解釋，你回家可以看那本書，還可以跟黃爸爸討論，黃爸爸的數學這麼厲害，一定看得懂的。」榮杰大力推薦這本書給博懷和炳昌。

「那可不可以借我這台iPad回家一個禮拜？三天好像看不完書！」博懷央求著榮杰。

「嗯……好吧！」榮杰滿臉心不甘情不願的表情。

「那也要借我回家一個禮拜！」炳昌嚷嚷著。

「好啦！好啦！」榮杰勉為其難的點點頭。

07 讀書心得報告

第二天上學，美麗趁著下課的空檔，偷偷的跟炳昌、榮杰和博懷這個剪刀石頭布小組的人說：「這是我阿嬤要給你們三個的。」原來是廖阿嬤覺得很不好意思，炳昌他們三個這麼認真蒐集資源回收的東西，讓美麗多賺了很多錢，就多做了些客家蘿蔔糕要送給他們三個。

「我媽媽說要跟廖阿嬤用買的。」炳昌很堅持。

「可是我和阿嬤真的很感謝你們三個。還是你們要客家粿？」美麗問著三個男同學。

「真的不要啦！美麗，我媽媽也說要用買的。」博懷持同樣的看法，榮杰也說阿嬤有交代過，一定要用買的。

「啊……」美麗滿臉不好意

思，她說她很想表達自己的感謝，「那麼……」美麗突然想起什麼似的。

「別再想了啦！我們都是同學，也沒有做什麼了不起的事情。」炳昌要美麗別再傷腦筋了。

「我很會畫公主，就是把女生公主的那一面畫出來，我可以幫你們畫媽媽和阿嬤，送給她們。」美麗建議著。

「喔！好恐怖！」炳昌嚷嚷著。

「怎麼了嗎？很多女生都會很喜歡這樣的禮物。」美麗不明白炳昌在鬼叫些什麼。

「我媽媽年紀已經很大了，再把她畫成公主，這樣不是很噁心嗎？」炳昌還看看自己的雞皮疙瘩有沒有立起來。

「那我怎麼辦？我家的還是阿嬤，要畫成公主，好像……有點太勉強。」榮杰笑道。

「我也沒有興趣看我媽變成公主。」博懷也搖搖頭。

「真的嗎？我阿嬤很喜歡我幫她畫的畫。」美麗有點失望的樣子。

「美麗，不是妳畫得不好，而是我們很怕媽媽裝成公主的樣子，會想吐的。」炳昌要美麗放輕鬆，真的沒有那麼嚴重。

這個時候，惠敏突然跑過來，對著炳昌叫道：「周炳昌，我突然想起一件重要的事。」

「什麼了不起的事情？」炳昌有點摸不著頭緒。

「你之前說要每個星期讀一本書，還要寫讀書心得報告。」惠敏好像抓到炳昌的把柄一樣，覺得他一定不會寫似的。

「有……有啊！我……這個禮拜要讀什麼書都想好了。」炳昌想起昨天和榮杰討論的書。

「少騙人了！你要讀什麼？說來聽聽啊！」惠敏完全不相信炳昌真的會去找書來讀。

「我要讀一本賽局理論的書。」炳昌現學現賣，把榮杰說的都搬了出來。

「賽局理論？」惠敏完全沒聽過這玩意。

「是數學。」炳昌大搖大擺的說。

「好啊！你這個禮拜過後，把讀書心得借我看一下，我才相信你真的會每個星期讀一本書，周總統！」惠敏最後一句話，充滿了挑釁的意味。

「讀就讀，誰怕誰啊？」炳昌哼的一聲。

但是等到惠敏走了之後，炳昌就開始緊張起來，他跟美麗說：「妳不用幫我媽媽畫公主畫，妳幫我寫讀書心得報告好了！」

「什麼？」美麗驚訝的問道。

「周炳昌，你是要當總統的人，你有出息一點，好嗎？」博懷取笑著炳昌，覺得他實在太好笑。

「而且我也不太會寫這種讀書心得報告，我比較會畫，不會寫。」美麗覺得炳昌這個建議簡直是不可思議。

「你真的很好笑，周炳昌。」連榮杰都覺得炳昌有夠滑稽了。

「那我要怎麼辦？」炳昌哇哇叫著。

「就去讀那本賽局理論的書好了！昨天我跟爸爸說過這本書，爸爸說賽局理論最簡單的就是剪刀、石頭、布。」博懷這麼說道。

「是！書裡頭有提到這點。」榮杰想了起來。

「美麗，妳真的不讀這本書嗎？這是一本好書耶！」炳昌繼續勸說著美麗，要她幫忙寫讀書心得報告。

「沒辦法，就是沒辦法。」美麗雙手一攤，拿著蘿蔔糕回教室去了。

「我慘了，都沒有人可以救我。」炳昌繼續抱怨著。

「你把抱怨的時間拿來讀書、寫心得報告，早就可以寫完了。」榮杰揶揄著炳昌。

「好奇怪，大家都可以幫美麗找資源回收的東西，為什麼沒有人要幫我寫讀書心得報告呢？不公平！」炳昌有點不太平衡。

「這是不一樣的事情啊！」榮杰理所當然的說著。

「就是啊！」博懷也點點頭。

「有什麼不一樣？」炳昌說不公平就是不公平，大家都只幫美麗，不幫他，虧他還把大家都當成朋友。

「你不要亂牽拖。」榮杰搖搖頭。

「大家對美麗比較好，對我不好。」炳昌有點在鬧脾氣。

「你這樣很好笑耶！周炳昌，是你自己說要當總統，每個星期要讀一本書、還要寫讀書心得報告，都是從你自己嘴巴說出來的。」博懷取笑著炳昌。

「說過的話不能反悔嗎？」炳昌滿臉懊惱的模樣。

「可是你自己寫，就是自己得到好處，為什麼要找別人寫呢？」榮杰不明白的問道。

「我們沒有辦法幫你寫報告，但是可以跟你一起讀這本書、一塊討論。」博懷點點頭。

「這樣才算是好哥們，對吧！」榮杰開心的說，跟同一個剪刀石頭布小組一起讀賽局理論，也是一件很有趣的事情。

「其實生活中無處不是賽局！」炳昌看到這本電子書的最前面，榮杰唸一句，他跟著一個字、一個字的唸了出來，然後就打了一個大哈欠。

「你真的很嚴重！周炳昌！才看了第一行就這樣。」榮杰覺得炳昌不愛唸書的確到了嚴重的地步。

「我真的不知道為什麼要這麼勉強？」炳昌有點想去跟全班道歉，別再搞這種無聊的遊戲。

「太丟臉了。」博懷說炳昌這樣的行為，讓跟他同一個剪刀石頭布小組都覺得丟臉。

「可是這裡面的字你都認得嗎？」炳昌問著博懷。

「很多不認得！但是爸爸說，他以前學英文，碰到不認識的英文單字，就從上下文去猜，而且爸爸也先跟我說了這本書到底在說什麼，讀起來就非常好玩。」博懷說道。

「對耶！那我們可以跟炳昌先說說書的內容，再讓他慢慢看好了。」榮杰說黃爸爸的方法很讚。

「可以先借我iPad回家玩憤怒鳥嗎？」炳昌又打了一個大哈欠。

「可是這裡面寫的真的很好玩！」榮杰積極的勸說炳昌。

「好吧！你說說看。」炳昌勉強願意試試看。

「其實賽局這兩個字，講的並不是比賽，而是在生活中碰到與人互動的策略。」榮杰這麼解釋。

「那講的是什麼？是剪刀、石頭、布嗎？」炳昌邊打哈欠邊問。

「對啊！我們平常用剪刀、石頭、布來決定很多事情，這當中其實包涵了數學的邏輯。」博懷解釋著，炳昌的哈欠愈打愈大。

「就是剪刀、石頭、布啊！有什麼了不起的？」炳昌不明白的問著。

「書裡面有舉到一個很有趣的例子，因為所有的人在決定事情之前，都會為了顧自己，而陷入一些盲點。」博懷這麼說道。

「可是剪刀、石頭、布非常公平啊！大家才常常會拿來解決平常面對的問題，不是嗎？」炳昌狐疑的說著。

「對！隨機出剪刀、石頭、布是這樣沒錯，如果有人在出剪刀、石頭、布之前，先說了一些話，就不是這樣了。」博懷非常得意的解釋給炳昌聽。

「我聽不懂。」炳昌搖搖頭，但是已經沒有打哈欠。

「有一次有一批很重要的生意，這批生意的老闆，沒有辦法決定要發給甲公司或是乙公司，他就要他們兩個用剪刀、石頭、布猜拳。」博懷非常興奮的說著這個例子。

「結果甲公司沒有想什麼，就出了布，事實上他們的確得知，根據統計，人們在緊張的時候，通常會出石頭，於是就出了布。結果乙公司的主管，有一個小學的女兒，在看了一集卡通之後，就跟爸爸說如果要贏，就要出剪刀，因為卡通裡大家都覺得石頭天下無敵堅硬，所以對方就會出布，事實上要出剪刀才會贏。最後的確是乙公司得到這個合約。」

「這是剛好吧！」炳昌說這只是碰巧，他覺得這哪有什麼大道理可言，賽局理論實在是誇大。

「不會啊！其實人們可以透過跟對方說，自己到底要出剪刀、石頭或是布，來控制對方的想像，就可以贏得那個猜拳比賽。」榮杰把自己記得的電子書內容跟炳昌解釋。

「這我爸爸有用過，滿賊的。」炳昌想起來笑說：「原來這是賽局理論喔！我還以為是哪裡來的賊招。」

「裡面有教很多這樣的東西，你拿回去看就知道了。」博懷把iPad拿出來，用

手指滑到那本電子書。

「那你先借我回家看好了。」炳昌賊賊的笑稱。

「不行，還沒到一個禮拜。」博懷說炳昌這樣有點賊。

「賽局理論有教這招嗎？」炳昌露出壞壞的笑容。

這個時候，一年六班突然熱鬧了起來，炳昌他們三個見狀趕緊跑回教室去，看是發生了什麼事情。

「各位學弟妹你們好，我是六年六班的學姐……」原來是學校六年級競選小市長，有兩位候選人，一位是學姐，一位是學長，贏的人可以參與校務一天。

「這其實也是賽局理論。」榮杰偷偷跟炳昌說，博懷也在炳昌的後面點點頭，還比出一個讚的大拇指。

等到放學的時候，炳昌和榮杰結伴一塊回家，這天他們並沒有幫美麗送資源回收的東西到警察局。

在路上他們看到一個收破爛的腳踏車，最前面騎著的是一個阿公，後面坐著阿嬤還有兩個小朋友坐在一堆回收物品的中間，兩個孩子叫著阿公、阿嬤。

「他們也是靠資源回收過日子嗎？」炳昌問著榮杰。

榮杰不發一語，只是一直跟在那輛車子的後面，炳昌也就跟在榮杰旁邊，一路看這一家人要到哪裡去。

等到了一戶西藥房，阿公把車停了下來，這一家四口人就到西藥房裡面搬東西，看得出來也是一些資源回收的物品，但是在搬的過程，有一個穿得很破舊的中年人跑了過來，對著這一家四口罵了起來……

「這裡是我的地盤，你們為什麼要來搬我要回收的東西？」中年人氣急敗壞的說道。

「這裡又沒有貼你的標籤，為什麼我們不能拿？」其中一個小孩理直氣壯的問道。

「你們不要以為自己人多勢眾，也都是老弱殘兵，不要以為我沒有辦法打倒你們四個。」中年人恐嚇起前面這四個老的、小的。

然後這五個人還有西藥房的老闆娘全都吵成一團，炳昌和榮杰不想被扯進去，就往回家的方向走。

「這也是賽局理論嗎？」炳昌問起。

榮杰點點頭。

「可是我看了覺得很難過耶！」炳昌說有一種很悲哀的感覺。

「我也是。」榮杰同意炳昌的說法。

「感覺要吃飯的人這麼多，可是東西卻這麼少。」炳昌有點難過的說道。

「是啊！」榮杰又點點頭。

「賽局理論有教人家，這樣要怎麼辦嗎？」炳昌又問。

「我還沒看完啦！」榮杰有點不好意思的說。

「那我要認真研究一下。」炳昌表情有點嚴肅的說。

「周炳昌……」榮杰突然發現什麼一樣。

「怎麼了嗎？」炳昌被榮杰這麼一叫，有點嚇了一跳。

「我突然發現你這個人有個很棒的優點。」榮杰說道。

「什麼優點？我周炳昌的優點可多著呢！」炳昌得意洋洋的說。

「你這樣就有點破功了。」榮杰取笑著炳昌。

「是嗎？那你趕快跟我說你發現我什麼優點？快說！」炳昌追著榮杰，拚命的逼問他。

「算了！以後再跟你說好了！」榮杰賣個關子，趕緊跑回家去。

只見到炳昌自言自語的提醒自己：「以後要臭屁的話，也要等別人把我的優點說完之後再耍帥！」

08 認識環境

等到第二天上學，一進到教室，炳昌和榮杰就發現美麗的手臂有個很大的傷口……

「妳怎麼了？美麗同學。」

「怎麼會傷成這樣？」

「有沒有去擦藥？」

不僅僅是炳昌和榮杰，其他同學也很緊張的問著美麗。

「昨天發生了一點事情。」美麗低著頭說。

「是有人跟妳爭資源回收的東西嗎？」炳昌問起來。

「你怎麼知道？」美麗驚訝的反問。

「昨天我們在回家的路上，有看到資源回收的人在爭吵，我其實想到美麗會不會遇上這樣的事情？」

「只是沒想到來得這麼快。」

炳昌和榮杰都提及昨天看到的事情。

「有個人看到我拖著這麼多的資源回收物，就搶我手上的東西。我當然要拉住自己的袋子，結果就被拖到地上，手臂受了傷。」美麗解釋給同學聽。

「怎麼會有這種事？」

「太可怕了。」

小學生們聽到這種事都滿害怕的，也對美麗的遭遇感到更加的同情。

「要不要我們剪刀石頭布小組的人放學陪妳一起去警察局。」惠敏班長問起美麗。

「是啊！我們是同一個小組的人。」琇琇也點點頭。

「可是那些人看起來都滿厲害的。」炳昌想起昨天遇到的中年男子。

「怎麼了嗎？」走進教室的郭老師聽到同學們在討論，問起整件事的經過後，她嘆了很大的一口氣。

「郭老師，怎麼了？」惠敏班長問起。

「沒事、沒事，郭老師跟警察叔叔聯絡看看，能不能請他們來學校幫忙美麗，直接從學校把同學們蒐集的資源回收，送到回收場去。」郭老師這樣提議，因為她也不放心三個小一女生一起去。

「應該沒有問題，警察叔叔很疼美麗。」炳昌這麼說道。

等到下課鈴響，炳昌跟著郭老師的後面走出去。

「炳昌，有什麼事情嗎？」郭老師看到炳昌的神情，就覺得這個孩子一定心裡有事。

「郭老師，我想問妳一件事，妳剛剛嘆氣，是為了什麼？」炳昌認真的問起郭老師。

「怎麼會問這個問題？有點多愁善感，不太像平常的炳昌。」郭老師覺得炳昌的問題真的很妙。

「昨天我和榮杰看到類似美麗發生的事情，我那時候也是很想嘆一口氣。」炳昌這麼說道。

「那你覺得老師為什麼嘆氣呢？」郭老師問炳昌。

「我覺得需要資源回收的人好像不少，很多人都像美麗這樣需要幫助。」炳昌說他難過的是這點。

「我也是啊！」郭老師點點頭。

「郭老師，上次我阿嬤跟我說過一個菩薩的故事，我也有用這個故事鼓勵到榮杰，可是為什麼我還是會覺得難過呢？」炳昌說阿嬤的故事現在一點都沒有辦法鼓勵到他自己。

「這是一個很大的問題，郭老師可以認真想一下再回答你嗎？」郭老師反問炳昌。

炳昌點點頭。

「周炳昌，我發現你有一個很棒的優點。」郭老師這麼說道。

「啊！你也這樣覺得嗎？」炳昌又開始得意洋洋起來。

「下次我一起跟你說。」郭老師笑著走進教師休息室。

「為什麼又這樣？我怎麼忘記了，要等人家把我的優點說出來後，我再開始得意都來得及。」炳昌感到非常扼腕，覺得自己怎麼沒有學到教訓。

回到教室，炳昌像是被郭老師提醒了一樣，他追問著榮杰說：「你昨天發現我一個優點，現在可以告訴我嗎？」

「不告訴你！」榮杰故作玄虛狀。

「為什麼？你要把我的優點告訴我，我才能留住它啊！」炳昌嘟著嘴回答，還說榮杰很不夠義氣。

「那把你的缺點告訴你好了！讓你可以改進它！」榮杰自己說得哈哈大笑，而炳昌的嘴嘟得更高。

到了放學前的一堂課，郭老師走進教室，跟大家提到：「早上炳昌問了我一個問題，我覺得很好，想跟所有的同學一起分享。」

郭老師要炳昌跟同學們說說他提的問題，炳昌說了之後，教室裡一下子安靜無聲。

「我有跟輔導室的謝老師討論過……」郭老師說道。

沒等郭老師說完，炳昌就很開心的說：「啊！是謝老師，上次我有跟她在輔導室談過。」

「是啊！就是那位輔導老師。」郭老師點點頭。

「我不知道這樣對於小一的學生會不會太難？但是我盡量跟同學們好好解釋，讓大家都明白。」郭老師這麼說道。

「謝老師以她自己學心理諮商的過程，向我提到一個觀點。跟炳昌說的這件事滿像的。」

「很多時候，謝老師在輔導個案時，常常會被挑起某些情緒，覺得對方很可憐，自己常常唉聲嘆氣的，就像炳昌很想嘆氣一樣，往往輔導一個個案，自己就會在那個情緒裡打轉許久。」郭老師很認真的解釋給學生聽。

「郭老師，什麼是在那個情緒裡打轉許久？」有個小女生舉手問道。

「比如說，炳昌看到某些事情覺得很難過，平常他都可以跟其他同學一塊玩得很開心，但是在那個情緒裡打轉許久，就是他會跟平常不一樣，常常掉進那個難過裡面，沒有辦法轉到開心。」郭老師「用力」的解釋給同學們聽。

「喔……」這位女同學有點似懂非懂的。

「沒關係，就算沒聽懂也沒關係，反正聽過之後，你們遇到類似的事情，就會想起老師說的這些話。」郭老師點點頭。

「謝老師的意思是，後來她學會一個方法，就是在她輔導的個案中，去幫對方找到他很棒、很有力量的地方，這樣她也會跟輔導的個案，一起發現對方經歷過這些事情之後，發展出來的美好特性，她也就不會沉溺在負面的情緒裡。」郭老師好好的解釋她從謝老師那邊學到的東西。

「郭老師，可以舉例嗎？」惠敏舉手問郭老師。

「比如說炳昌，他問老師這個問題，剛開始老師也有一樣的看法，覺得這個世界上需要幫忙的人怎麼這麼多？幫都幫不完，就真的只想嘆氣而已。後來郭老師發現，炳昌這個人有一個很棒的優點……」

「郭老師現在要跟我說我的優點嗎？」炳昌興奮的說道。

郭老師點點頭說：「炳昌真的會去主動關心同學，發現別人需要幫助的時候，他真的會盡全力去幫助人家，甚至去做那些他平常不喜歡的事情。」

「哪有？周炳昌是專門管人家的閒事不遺餘力，好不好？」惠敏邊笑邊說，被她這麼一說，同學們也跟著笑了起來。

「是真的！」榮杰站起來附和郭老師的話。

「連榮杰也要說我的優點了！哈……」炳昌在心裡暗暗得意著，但是他提醒自己，表面上不要太得意，要不然榮杰就閉嘴了。

「炳昌很討厭讀書，但是他看到讓他難過的事情，他反而就想去讀書，看有沒有辦法幫別人解決這個問題。」榮杰這麼說道。

「原來我真的是專門管人家的閒事不遺餘力！」炳昌聽到榮杰的話後，有點苦笑著說。

「真的！」

「炳昌真的是這樣。」

「而且他真的很雞婆。」

同學們紛紛這麼說道，也哈哈大笑起來。

「炳昌實在很適合去當總統。」郭老師點點頭說，炳昌真的會去關心很多人的福祉。

「什麼是福祉？」炳昌不明白的問道。

「周總統，趕快多讀點書吧！」榮杰笑著炳昌，並且跟他說「福祉」就是很多人的好處。

「明白了！明白了！我真的當總統，一定請榮杰當我的老師，把不會的字都學會。」炳昌認真的點點頭。

「我也有話要說。」美麗舉起手來。

「美麗同學也要說我的優點嗎？」炳昌開心的問起來。

「你還真臭美呢！你以為今天是你的表揚大會嗎？」惠敏班長很愛跟炳昌抬槓，她取笑著炳昌。

「不是……啊……」美麗很順口的說著不是，班上同學已經笑成一團。

「好傷人喔！」炳昌做出受傷的表情。

「郭老師和榮杰說炳昌的優點，我都同意，只是我想說別的事情。」美麗很認真的說明。

「妳不要再解釋了！」炳昌戲劇化的表情，讓同學們笑個不停。

「我是想說……我也不喜歡別人聽到我的事情之後，覺得我很可憐，這樣反而讓我很難過。」美麗這麼說道。

美麗頓了一下繼續說：「當別人覺得我可憐，我會跟著對方一起去想我真是個可憐的孩子！可是我愈來愈覺得我不可憐，反而會發現自己真的是個有力量的人。」

「是啊！那個資源回收要拖到警察局，其實很費力氣，上次我們剪刀石頭布小組的人拖過那麼一次，就覺得累個半死。」博懷同意美麗的說法，一直用力的猛點頭稱是。

「之前常常覺得自己可憐，就會怪罪都是別人害我變成這樣；自從覺得自己有力量之後，就發現那些事情都只是讓自己變得更有力量而已。所以我再也不喜歡別人說我可憐了！」美麗繼續解釋。

班上同學響起一片如雷的掌聲。

「很高興，大家好像都明白了老師想表達的事情。」郭老師非常欣慰的點了點頭。

「我好喜歡人家說我的優點喔！」炳昌沉醉的說道。

「你這個人真的不能誇你，一誇你，你的尾巴就翹起來。」惠敏繼續潑炳昌一桶冷水。

「好了！現在還有一件要緊的事要告訴大家。」郭老師宣布著。

「有什麼好玩的事情嗎？」炳昌立刻問起郭老師。

「是滿好玩的。」郭老師點點頭。

「我們也要競選小市長嗎？」惠敏問起。

「不是，小市長本來就是高年級同學才能參加的活動，從來沒有開放給中低年級參選。」郭老師搖搖頭否認。

「有人送郭老師一台iPad？」榮杰問起來。

「你送我嗎？」郭老師笑著問道。

「榮杰才捨不得呢！」炳昌拍拍榮杰揶揄著。

「郭老師不要賣關子了啦！」有同學這麼說。

「我們明天要去學校外面……」郭老師開了個頭。

「又要校外教學了嗎？」

「怎麼現在老師才告訴我們，這樣我媽媽會來不及準備我的零食。」

「好棒啊！只要出去玩都好。」

同學們開心的說著。

「不是校外教學……」郭老師說這次的活動跟上次坐遊覽車的校外教學不太一樣。

「這樣說好像也有點不對，也算是校外教學的一種。」郭老師認真想想，還自言自語起來。

「真的嗎？」

「太棒了！這樣又可以看到阿寶和惠敏家的小豬！」

「只要不坐在教室都好。」

同學們只要說起玩的事情，興致總是特別高。

「其實是到學校附近走走，認識學校周圍的環境。」郭老師這麼說。

「只有我們班嗎？」惠敏班長問起來。

「沒有，其實全校的同學，明天都會走出學校。」郭老師答道。

「為什麼要這樣子？」

「大家都走到學校外面散步嗎？」

郭老師愈回答，同學們的疑問愈多。

「我們一年級新生是到學校周圍認識環境。」郭老師這麼宣布著，同學們則是在底下興高采烈的討論。

「認識環境？」炳昌皺起眉頭想，自己不是每天都在學校附近走動嗎？

09 烤香腸和冰淇淋

原來校外參觀對於小一新生而言，是認識學校附近的環境，而高年級的學長姐，校外參觀的那天，還要到學校附近做社區服務。

「什麼是社區服務？」炳昌問著郭老師。

「就是去關懷老人、打掃環境這類的社區服務，由學校跟區公所詢問，看我們附近的社區需要哪些社區服務，再由各班討論之後，選擇自己最有興趣的社區服務去做。」郭老師解釋著。

「我哥哥有去過，他說社區服務很有意義，上次他們班是去老人安養中心表演，讓老人們開心。」有個男同學這麼說道。

「可是……我們每天不是都會經過學校附近，還要認識什麼呢？」炳昌好奇的問著。

「每個同學上學的路徑幾乎都是固定的，不會全面性的認識學校附近的環境，所以需要全班一起出去走走，知道大家是怎麼上學的。」郭老師稍微說明一下校外參觀該注意的事項，最主要就是剪刀石頭布的三人小組，一定要好好的走在一起，不要走丟了才是。

「好的。」一年六班的同學都答應得非常好。

「美麗，妳放心，我會把妳抓得緊緊的，妳跑不掉的。」琇琇貼心的跑去跟美麗這麼說。

「我不會帶我的小豬，就專門盯牢美麗。」惠敏肯定的說道。

到了校外參觀那天，就看到郭老師找人找得滿場飛。

「炳昌，不要跑得那麼快，這樣會脫隊。」郭老師看到炳昌已經跑遠了，趕緊把他拉回來。

「你要在隊伍裡面啦！」惠敏拍了炳昌一下。

「我們是一個剪刀石頭布小組的，你不要亂走。」榮杰拉著炳昌，博懷也勾著炳昌。

「郭老師，妳變瘦許多。」到了第一站咖啡店，老闆看到郭老師就說她瘦了，要她教教自己太太是怎麼瘦下來的。

「只要去帶小一新生，就一定會狂瘦。」郭老師苦笑著。

「郭老師真是辛苦，來……這杯無糖的拿鐵請郭老師。」咖啡店老闆遞上一個紙杯給郭老師。

「老闆，我自己有帶空杯子，你不必幫我用紙杯裝。」郭老師說道。

「很好，很好，這樣很環保。」老闆點點頭。

「郭老師早就知道老闆會請她，自己帶了杯子。」

「一定是這樣。」

「為什麼只有郭老師有喝的？」

郭老師裝得兇巴巴的說：「我是本來就會自己準備杯子，不是為了來咖啡店才這樣。」

同學們在一旁看著郭老師喝拿鐵，滿臉羨慕的表情，直說自己都沒得喝，很不公平。

「怎麼會沒有？」老闆端出一個手工蛋糕，一年六班的學生們發出歡呼聲蜂擁而上。

「老闆，這樣讓你破費了。」郭老師不好意思的說道。

「我本來就是學校的守護天使，應該照顧小朋友的。」原來咖啡店老闆是學校合作的守護天使商店，會幫忙留意學生上下學的安全。

其實小朋友也不是這家咖啡店的主要客戶，因為老闆的咖啡店跟一般人經營的不太一樣，他最主要是做咖啡豆的進出口買賣，所以很多上門來的客人，不是為了在老闆的店裡喝咖啡，而是要買咖啡豆。

也由於主要是賣咖啡豆，老闆店裡面的桌子也不多，而且牆壁裝潢跟一般咖啡店不太一樣……

「老闆，這些袋子是哪裡來的？」炳昌看著牆上用畫框裱起來的麻布袋，好奇的問著老闆。

「這些都是裝咖啡豆的麻布袋。」老闆邊說邊拿出一大堆的袋子，問有沒有人要。

「這是要做資源回收嗎？」乖巧的琇琇好奇的問著老闆，還想說幫美麗爭取幾個。

「這做資源回收有點可惜喔！我有顧客拿這個袋子回去加個內裡和提把，就變成很有特色手提袋！」老闆介紹起他店裡的麻布袋，還給每個小朋友一人一個，大家拿了都互相比較。

「老闆，這個咖啡袋上面的圖案好漂亮喔。」榮杰興奮的問起咖啡店老闆。

「是啊！咖啡豆很多產在中南美洲，他們的麻布袋都畫得很漂亮，很有中南美洲的特色。」老闆點點頭，直說榮杰很識貨。

從咖啡店走出來後，同學們人手一個麻布袋，還吃了一小塊蛋糕，喝了一小杯紅茶，「飽足」的繼續「校外參觀」。

「這樣有點像在騙吃騙喝的。」博懷跟炳昌和榮杰這麼說。

「好好喔！原來這就是校外參觀。」炳昌非常開心的點點頭。

小朋友們一路上經過很多店家，他們都非常熱情的招待，一年六班還來到了區公所。

「什麼是區公所？」有同學問郭老師。

「我們每個人一出生，就要到區公所來辦戶口，你們上小學也是區公所和學校一起整理名冊、通知每個家庭。」郭老師解釋著。

「所以我們每個人以後都會常常來區公所嗎？」博懷問道。

「是啊！很多事情要上區公所辦理，像以後你們長大結婚，也要來區公所登記結婚。」郭老師指指戶政事務所的那一區。

「博懷一定很希望以後跟琇琇來結婚。」炳昌噗哧的笑著。

「你真的很煩。」博懷做勢要打炳昌的模樣，不過郭老師急著帶小朋友到下一站圖書館報到。

原來這個圖書館的分館，是個以親子閱覽為主的主題圖書館，正好是一年六班適合的年紀。

「我不知道學校附近有這麼棒的圖書館！」同學們都很興奮，因為這所圖書館是在一棟建築的五樓和六樓，一二樓是托兒所，三四樓是消防局，藏在五六樓的圖書館很容易被人忽略。

「這裡好大啊！」一跑進五樓的閱覽室，炳昌就在供親子讀書的軟墊上打起滾來。

「炳昌，這裡不是用來玩的，是給爸媽和小朋友一起坐著讀書的地方。」郭老師糾正炳昌。

「對不起，郭老師，我馬上起來。」看到郭老師和圖書館管理員都來了，炳昌連忙站起來。

「快來看！」榮杰像是發現新大陸一樣的招呼著班上同學，趕快往靠窗的方向移動。

「好漂亮啊！」

「都不知道有這麼棒的地方。」

「我要帶我爸爸媽媽一起來。」

原來圖書館有一邊是靠著河岸，那裡的窗戶就做成落地窗式的，讓人可以一邊看書報、一面望著河岸美景。

「郭老師，那裡還有自行車專用道，我們等等可以去嗎？」炳昌指著窗外河岸旁邊的路徑問郭老師。

「今天不行去，不過等到你們升上中年級，學校會帶大家去那裡騎腳踏車。」郭老師點點頭。

「我們可以來使用這個圖書館嗎？」炳昌問起圖書館管理員。

「當然可以，這個圖書館就是為了讓爸媽和小朋友一起來的地方，當然歡迎同學們一起來使用。」館員很熱情的招呼著一年六班。

「因為之前我有去過一個地方，有規定要滿十三歲才可以使用那個圖書館。」炳昌說道。

「我們圖書館只要有戶口名簿就能夠辦理閱覽證，還可以借書。」館員仔細說明給小朋友聽。

一年六班的同學們，不是坐著看書，就是靠在窗戶旁邊看著河岸的美景，榮杰和博懷則是拿著iPad……

「收得到無線網路的訊號，這裡還可以免費上網！」榮杰和博懷又發現個值得驚喜的訊息。

「是啊！我們館內可以免費使用無線網路，大家可以帶筆記型電腦和平板電腦來使用，只是要關靜音，不能吵到館內其他使用的人員。」館員點點頭。

「會有電子書可以看嗎？」炳昌這個剪刀石頭布小組的三名成員，異口同聲的問道。

「目前還沒有，但是有在規劃，再過幾年大家帶平板電腦來也可以借書喔！」館員還大概介紹了整個親子圖書館未來的方向。

「今天真的很幸福，有吃、有拿、還有得讀。」榮杰覺得校外參觀真的是太豐富。

「乾脆每天都校外參觀好了。」炳昌覺得往學校外面跑實在很好，希望每天都在學校外面混好了。

「誰要跟你在學校外面混啊？」惠敏取笑著炳昌，說大家是來上學，又不是來混的。

臨要回學校的時候，館員還給了每個同學一本手冊，裡面有借書集點計畫，鼓勵同學們借書回家閱讀。

「我要回家跟阿公、阿嬤說，拿戶口名簿來辦圖書證，這裡真的有很多書，實在太棒了。」對於榮杰來說，親子圖書館這站，真是開闊了他的視野，原本他以為書都要用買的，沒想到圖書館裡的藏書竟然這麼豐富。

就在一年六班浩浩蕩蕩的打算從學校後門返校，炳昌他們這一組人，就被李阿

嬤和陳媽媽拉來拉去的……

原來李阿嬤和陳媽媽都是學校後門的攤販，她們兩個賣的產品竟然一模一樣，都是烤香腸和冰淇淋。

「小朋友來我這一攤。」

「李阿嬤，讓小朋友們自己選，妳不要做生意做得這麼兇，可以嗎？」

李阿嬤和陳媽媽競爭得相當厲害，經過後門的學生都會被她們兩個「強力爭取」。

「小朋友們，你們一定要來我這一攤，是我最早在這裡擺攤的。」李阿嬤逢人就哭訴自己才是後門正字招牌的第一攤。

「那個女的看我生意好，就跑到我旁邊擺攤，搶我的客人，我老了搶不過她，生意都被她搶走了。」李阿嬤抓著炳昌這三個人就猛吐苦水。

「她都用這招苦肉計，讓大家可憐她，我難道不辛苦嗎？我有家要養，才需要到外面擺攤，有誰規定後門只有她可以擺攤子呢？」陳媽媽說起來也是滿腹心酸無人知的模樣。

炳昌他們三個人就先到李阿嬤的攤子打彈珠換了冰淇淋，又到陳媽媽那裡買香腸，兩位婦人這才放了他們三個。

「怎麼大家都有這麼多的苦水可以吐呢？」炳昌不明白的問著榮杰。

「你們少笨了，做生意的人都會一直裝可憐，讓大家買他們的東西。」在一旁的惠敏這麼說。

「是這樣嗎？」炳昌回頭看一下，只見到李阿嬤和陳媽媽只要一看到學生，兩個人就會互相爭執，想辦法把學生拉到她們的攤位。

「這樣不是很累嗎？」其實學生們一行人都要回到教室，但是離上課還有一段時間，炳昌一個人想到一年六班的祕密基地去。

「不行，你不可以一個人去。」榮杰說，現在大家都要一起行動才行，要不然編剪刀石頭布小組就沒有意義。

「好啊！」炳昌也點點頭。

其實榮杰和博懷並沒有好好的參觀過一年六班的祕密基地，是惠敏和琇琇對於這裡比較熟，炳昌就跟他的剪刀石頭布小組的成員，好好的介紹了一年六班的祕密基地。

「周炳昌，你上學的第一天，就在這裡把校長認成工友喔？」博懷哈哈大笑的問著炳昌。

「是啊！還在這裡遇到了銀行家老伯伯。」炳昌又帶榮杰和博懷到一樓去，指指以前放鋼琴的地方。

「我一直以為世界上大部分的人都很快樂，是上了小學之後才發現，原來辛苦的人這麼多。」炳昌最近常在想這個問題。

「你這一陣子好像很多愁善感！」榮杰問著炳昌。

「也不是，榮杰你記不記得，上次銀行家老伯伯有來跟我們說過，他為什麼要當銀行家嗎？」換炳昌問起榮杰。

「記得啊！他說他想幫助大家都變得富有。」榮杰想起來。

博懷也點點頭。

「我下次也要去問問銀行家老伯伯，看到這麼多需要幫忙的人，他會不會很難過？」炳昌這麼說道。

「郭老師前幾天不是有說嗎？我們要看別人有力量的地方，就不會這麼難過了。」博懷提醒著炳昌。

「可是……」炳昌就是老覺得怪怪的。

「iPad借你去玩！」博懷從書包拿出iPad。

「對！這樣我就不會覺得難過了！」炳昌張嘴大笑，惹來榮杰和博懷的一頓追打。

10 每個人都有他的苦衷

到了吃晚飯的時候，本來吃飯都會剩下幾口不吃的炳昌，這陣子都很認真的把飯扒完。

「你最近很棒喔！」媽媽看到炳昌的「表現」，大聲的讚美起炳昌。

「發生什麼事情了？」爸爸好奇的反問炳昌。

「沒有啦！只是看到同學家連飯都沒得吃，覺得不應該浪費食物。」炳昌這麼說道。

「就是那位叫做美麗的同學嗎？」阿嬤想起來。

「就是我們要幫忙做資源回收的那位美麗同學吧！」阿公也對美麗家的事情有印象。

「是啊！」炳昌點點頭。

「其實，炳昌，我們本來要讓你去讀私立小學，你知道嗎？」媽媽突然提起這件事。

「怎麼會提到私立小學，跟美麗有關嗎？」炳昌問道。

「對！我們討論了好久。」爸爸也想起這件事。

「本來想說私立學校的同學，素質比較整齊，環境也好，可能對你比較有幫助。」媽媽點點頭說。

「為什麼後來又讓我去讀公立小學呢？」炳昌問起來。

「我們全家討論了一下，覺得以後你不管做什麼工作，公立小學的同學，比較接近你要服務的對象，就還是決定要讓你去就讀公立小學了。」媽媽這麼對炳昌說明。

「服務的對象？」炳昌頓時有點無法理解。

「就像爸爸現在……我們公司的產品，訴求的就是一般社會大眾，我們也要瞭解大部分人的生活，才能推出引起大家共鳴的好產品。」爸爸這麼說道。

「想了很久，還是讓你去讀公立學校，這樣會對你比較有好處。」媽媽也點點頭。

「其實是因為你媽媽是英國王妃戴安娜迷。」爸爸笑著對媽媽這麼說。

「這也沒有什麼不對吧！」媽媽對爸爸眨眨眼。

「戴安娜跟我讀小學又有什麼關係？」炳昌覺得爸爸媽媽愈扯愈遠。

「因為戴安娜也要她的孩子盡量讀一般的學校，不讓孩子請私人教師來家裡教，就是希望自己孩子能夠多接觸群眾，成為一個能夠瞭解百姓疾苦的國王和王室。」媽媽說起戴安娜王妃，眼睛都是發亮的。

「原來媽媽要把我栽培成好總統喔？」炳昌這才發現媽媽的「野心」。

「也不是這樣，你以後在什麼樣的工作崗位，都會有自己的服務領域，成為自己那個領域的總統和國王。」媽媽也不避諱說出自己對於炳昌的期望。

「這樣會不會讓孩子壓力太大？」爸爸一向是自由派的，總覺得不要給炳昌太大的壓力比較好。

「炳昌自己都說想要當總統。」媽媽說她可沒有強迫炳昌，是炳昌自己想要當總統的。

「鼓勵孩子有志氣本來就很好。」阿公也同意媽媽的觀點。

「我的寶貝孫最棒了！」阿嬤只要是炳昌說的、所有和炳昌有關的一切，阿嬤都覺得很好。

「可是……」炳昌若有所思的模樣。

「嗯？」爸爸問炳昌有什麼問題。

「我最近都覺得，每個人都有他們的苦衷，好像怎麼幫都幫不完的樣子。」炳昌有點難過的說道，然後炳昌又把後門的李阿嬤和陳媽媽的事情說了一遍，也提到自己覺得周圍辛苦的人好像很多。

「所以要珍惜自己的幸福，有一碗飯可以好好的吃就不錯了！」媽媽耳提面命著。

「聽到媽媽這樣子唸就覺得很煩。」炳昌嘟著嘴抱怨。

「有媽媽會唸你也要好好珍惜，不是每個人都有媽媽會在他們耳朵邊唸。」媽媽連這點都有話說！

「不過好像是這樣，美麗就沒有媽媽，榮杰也沒有媽媽。」炳昌想到這裡不由得點點頭。

「我們寶貝孫真的很棒！上了小學之後就長大了許多。」阿嬤老是這麼說，覺得炳昌上小學後，感覺懂事了不少。

「有時候認為他長大了，下一秒他的一些舉動卻又顯得還很小。」媽媽也同意阿嬤的說法，不過她說炳昌只要一拿起電動，就一點都不會覺得他有長大。

隔天上學，中午休息的時候，炳昌和榮杰、博懷又一起去了祕密基地，在那裡看到熟悉的身影。

「嗨，小朋友，你們好。」銀行家老伯伯主動的跟三位同學打招呼。

「銀行家老伯伯，你好！你是送錢來給校長的嗎？」炳昌主動的問起銀行家老伯伯。

「你怎麼這樣說話呢？好像校長很愛錢一樣！」才走過來的校長，聽到炳昌這麼說，覺得一定要澄清清楚，要不然誤會可就大了。

「他們還小啦！校長不要介意。」銀行家老伯伯聽到炳昌這樣的說法，笑得樂不可支。

「這樣我們營養午餐、營養早餐就都沒問題了嗎？」炳昌興奮的問著銀行家老伯伯。

老伯伯肯定的點點頭說：「都弄好了。」

「好棒！」

「這樣美麗、琇琇就不怕餓肚子了。」

這三個剪刀石頭布小組的成員興奮的手足舞蹈，但是炳昌旋即疑惑的說：「要怎麼樣才能像老伯伯這樣厲害呢？」

「為什麼要像我一樣？當你自己不就好了？你不是想當總統？」老伯伯問炳昌為什麼要這麼說。

「不是……老伯伯，炳昌最近很憂鬱，只有在玩我的iPad時，才不會覺得憂鬱。」榮杰這麼說道。

「怎麼了？」校長也問起炳昌。

「只是……覺得……滿累的。」炳昌這麼說道。

「小小年紀說什麼累的？」老伯伯看到炳昌的模樣，露出很想笑的表情。

「覺得要幫助的人好多，不少人都很辛苦、幫不上忙，感覺很難過。」炳昌皺起眉頭說。

「校長也常常會有這樣的無力感。」校長說這叫做無力感，炳昌不是很明白這種感覺。

「就是很想做什麼事情，但是又幫不了忙，就會覺得自己能力不夠，常常感到很無力、很累。」校長這麼解釋道。

「炳昌好像有點這樣。」榮杰點點頭。

「老伯伯是個很厲害的人，一定不會有這樣的無力感，我要怎麼樣才可以變成跟你一樣呢？」炳昌問銀行家老伯伯。

「是啊！這是一個好問題，上次到你們班上談起『我的志願』，其實有理想真的很好，只是在這過程當中，我們也會遇到挫折，就像校長說的無力感，不是只有理想就夠了。」老伯伯慢慢說道。

「老伯伯有遇過同樣的事情嗎？」炳昌問起。

「當然有囉！」老伯伯點點頭。

「可以跟我說你怎麼辦呢？」炳昌好奇的問著老伯伯。

「老伯伯已經是大人了，跟我們小孩不一樣啦！」博懷不以為然的說。

「是啊！」榮杰也點頭同意博懷的看法。

「其實都一樣，只要是人，都有這樣的時候。」老伯伯很認真的在想例子，解

釋給炳昌聽。

「我們銀行上次有發生過一件事。」老伯想起來了一個很好的例子。

「就是很多卡債的人倒帳，還不出錢來。」老伯伯和炳昌他們一行人坐在祕密基地的台階上說起這件事。

「本來我們是過了一段時間，無擔保債務的呆帳就直接打掉，隔五年就重新啟動新的信用紀錄。」老伯伯說明著。

「每家銀行都這樣嗎？」校長好奇的問道。

「不是，每家銀行都不一樣，是我的決策，覺得把這些債務賣給外面的資產公司，其實賺也賺不了多少，就不想替這些債務人添加麻煩，沒想到……」老伯伯說到這裡，眉頭都皺了起來。

「會怎麼樣？」炳昌覺得會讓老伯伯心煩的事情，一定很大條。

「後來我請銀行同事整理資料，發現信用紀錄重新比對之後，幾乎是同一批的人在借錢不還，我的好意完全被抹煞掉了。」老伯伯這時候也嘆了口氣。

「原來老伯伯也會這樣嘆氣。」炳昌這麼說時，就覺得有點慶幸的感覺。

「本來是想照著國外的做法，就是通常呆債五年之後就重新啟動信用紀錄，真的做了之後，就發現不能這樣做，給人家魚不如給釣竿，後來我們公司就改變做法。」老伯伯這麼說。

「要怎麼做呢？」榮杰非常好奇。

「就是我們會追債追得比較緊，但是會積極給予對方處理債務的知識，也會幫助他們就業，像是有些做網拍的店家，我們還會在一些公司的刊物上，介紹他們的產品，鼓勵員工購買，這些卡債族反而比較認真還款，對於我們來說真的是雙贏。」老伯伯說了這麼一段話。

那天老伯伯的說法，炳昌和其他兩位小組的成員，雖然沒有聽得很懂，但是他們回來的路上還討論了一下。

「你知道老伯伯說的東西嗎？」炳昌問起榮杰。

榮杰說沒有完全懂。

「那你呢？」炳昌又問博懷。

「反正我的志願又不是當銀行家，我要當科學家，聽不懂也沒關係。」博懷搖搖頭這麼說道。

「可是……」炳昌欲言又止的模樣。

「你最近在煩惱些什麼啊？」榮杰不禁這麼問起炳昌。

「你有沒有覺得，像美麗的資源回收，還有後門的李阿嬤和陳媽媽，他們的問題其實是一樣，就是資源那麼少，想要分的人卻這麼多，那要怎麼辦呢？只好去搶別人的。」炳昌最近一直在想這件事。

「這不是我們小學生的問題，這是全世界的問題，你不要煩了啦！」博懷這樣勸著炳昌。

「是啊！你剛剛沒有聽老伯伯說嗎？」榮杰提及剛剛校長和老伯伯交談的一些事情。

「哪一段？」炳昌問起來。

「校長和老伯伯說，以前日本軍國主義者會攻打中國大陸，就是因為他們日本在鬧饑荒。」榮杰說道。

「我沒有注意到。」炳昌搖搖頭。

「你在想自己的事，沒有認真聽，校長和老伯伯聊這個可聊得起勁了。」榮杰對炳昌這麼說。

「日本也是鬧饑荒，資源不夠，就想去打中國大陸。」榮杰提到。

「這要怎麼辦呢？」炳昌問起來。

「這個問題太大了。」博懷這麼說，榮杰也點點頭。

「喔……」炳昌若有所思的樣子。

隔了幾天，炳昌帶著榮杰和博懷到後門去……

「你要做什麼啊？」博懷問著炳昌。

「我想來試試看。」炳昌答道。

「試什麼試啊？」榮杰好奇的問炳昌。

「想看看你說那本很好的書，到底有沒有用？」炳昌提及電子書裡面那本賽局理論。

「你全看完了？」榮杰驚訝的說。

「沒有，只看了一部分。」炳昌老實的說。

「你寫了讀書心得報告？」博懷也問起。

「還沒，沒有寫讀書心得報告，但是有一點點心得。」炳昌很有把握的點點頭。

「你真猛！」榮杰對炳昌這麼膽大，感到很佩服。

「我倒要看你怎麼做，書都沒有讀完，就忙著要幫忙，太自不量力了吧！」博懷不想信炳昌可以做成什麼事。

「你這樣說也很好笑，炳昌就試試看啊！我前幾天才在教會裡面聽牧師說，我們可以做比耶穌更大的事，不要小看自己。」榮杰這麼說道。

「那是牧師鼓勵你的，你還當真喔？」博懷笑著榮杰。

「試試看也沒關係。」榮杰撇撇嘴說。

就看到炳昌一個人跑到李阿嬤和陳媽媽的前面說：「我有個辦法，可以解決你們的問題。」

李阿嬤滿臉不以為然的抬起頭來說：「要陳媽媽那攤自己搬走嗎？」

陳媽媽則是「哼」的一聲，給了一個白眼說：「要搬也是李阿嬤搬，我可是動都不會動啊！」

「你們可以用剪刀、石頭、布猜拳啊！」炳昌說出這句話來，李阿嬤和陳媽媽簡直就是笑翻了。

「小學生就是小學生！」

「叫我們兩個猜拳解決問題。」

「我還以為他有什麼妙招呢？」

李阿嬤和陳媽媽難得取得共識，只是……都用在嘲笑炳昌這件事上。

11 不要小看剪刀、石頭、布！

不僅李阿嬤和陳媽媽嘲笑炳昌，榮杰和博懷聽到炳昌這麼說後，整個人也是呈現跌倒狀。

「你看過那本書之後，就是叫她們用剪刀、石頭、布猜拳？」博懷大聲的問著炳昌。

「是啊！要不然要怎麼樣？」炳昌問道。

「總要……總要……有一些特別的吧！」榮杰覺得炳昌真的很「敢」。

「要用什麼特別的？」炳昌完全不明就裡。

「等等……你的方法就是……要李阿嬤和陳媽媽用剪刀、石頭、布猜拳……」博懷一個字、一個字清楚的問炳昌。

「然後猜拳輸的人把攤位搬離學校後門嗎？」榮杰接著博懷的後面，把問題問完。

「是啊！我就是打算這樣。」炳昌點點頭。

「那你何必看那本書呢？」博懷突然覺得炳昌真是一枚「天兵」。

「對，我看了之後也覺得很奇怪，就是用剪刀、石頭、布猜拳，不就一翻兩瞪眼？為什麼要寫那麼多字來說這件……我幾乎每天都在做的事情呢？」炳昌說他的讀書心得就是這樣。

「啊……怎麼會這樣？」榮杰開始尖叫起來，他覺得炳昌的不愛唸書還真的不是蓋的。

「結果，你根本沒有看那本書嘛！」博懷對炳昌嚷嚷著，說他是個超級賴皮鬼，還瞪了他一眼。

「我跟你們說我只有看了一部分，我也沒說錯！我打開檔案，請我爸唸了第一行給我聽，書上就寫說，剪刀、石頭、布是日常生活中常使用的賽局理論，往往用來解決生活上一些不能做出決定的紛爭，我就來學校，叫李阿嬤和陳媽媽猜拳，這樣有什麼不對呢？」炳昌問起榮杰和博懷。

「是……是沒有什麼不對！可是……」榮杰已經到了說不出話來的地步。

「只是……很幼稚。」博懷又瞪了炳昌一眼。

「小朋友，不是我說的喔！是你同學說你很幼稚！」陳媽媽拿著博懷的話，摀著嘴嘲笑炳昌。

「這個小朋友真可愛，他說要我們猜拳，我們兩個就要猜拳嗎？」李阿嬤也附和著陳媽媽，一時之間，兩位太太好得不得了，一點都看不出來兩個人為了爭生意已經到了劍拔弩張的地步。

「不好意思喔！」

「打擾了。」

榮杰和博懷跟兩位太太連聲道歉，就拖著炳昌走回教室去了。

「你們兩個為什麼要拉我？」炳昌大叫著。

「這樣真的很好笑耶！」博懷要炳昌小聲點。

「為什麼試都不讓我試？」炳昌對榮杰和博懷抗議。

「人家都笑你笑成那樣，還有什麼好試的？」榮杰跟炳昌說道。

「我不管，我不管……我一定要試試看才甘願……」炳昌掙脫著說要回到學校後門去。

「好啦！隨他，讓他去試好了。」榮杰看到炳昌的臭臉，就要博懷放手，讓他去「玩」一下好了。

「李阿嬤、陳媽媽……」炳昌才開口，李阿嬤就說話了：「小朋友，你可不要叫我們猜拳喔！我們是不會猜的。」

「為什麼你們不猜拳，卻願意吵架呢？」炳昌忍不住問道。

「這……」李阿嬤有點啞口無言。

「大人的事，小孩不要管，小孩子快快樂樂長大就好，趕快去學校上課。」陳媽媽「訓」起炳昌來。

「有些事情可以用剪刀、石頭、布解決，有些事情不行，特別是大人的事情，幾乎都不能用剪刀、石頭、布解決的，知道嗎？」陳媽媽繼續跟炳昌說道，也要他趕緊回學校去。

「喔……」看到李阿嬤和陳媽媽堅持不肯猜拳，炳昌也就放棄了，心甘情願跟榮杰、博懷回學校去。

「你看吧！她們不會猜拳的。」博懷幸災樂禍的說道。

「嗯……」炳昌這才點了點頭。

等到進了教室，班上有兩位男同學，在爭一塊巧克力蛋糕，因為那天有個同學生日，他帶了一個大蛋糕來學校，結果分到最後這兩位男同學時，就產生巨大的紛爭……

這兩位男同學都姓陳，生日比較大的那位，大家都叫他大陳，另外一位則是小陳同學。

他們兩個平常很多事情都可以拿來吵，這次碰到巧克力蛋糕，更是誰也不肯讓誰。

原來過生日的同學，把蛋糕分到最後，就剩下一大塊給大陳和小陳，因為知道他們兩個很會吵，就把蛋糕留給他們自己去分。

這兩個平常很會吵的男同學，這時候突然「玩」起來，說要用剪刀、石頭、布猜拳，贏的人就全拿那一大塊蛋糕。

「好，就用猜拳的。」大陳答應了。

「你不可以賴皮喔！贏的人就要全拿蛋糕，輸的人就沒得吃，你要想清楚。」小陳不斷的提醒大陳。

「你自己不要賴皮就好了，不用一直提醒我。」大陳揶揄著小陳。

結果猜了第一把，大陳出石頭，小陳是剪刀，小陳輸了，大陳要把整塊蛋糕拿走……

「不行，猜三把好了。」小陳這時候做出這個建議，他說一把太草率，三把比較保險。

「你看，你賴皮了！」大陳嘲笑著小陳，不過他也接著說，三把就三把，要讓小陳輸得甘願。

結果另外兩把是小陳贏了，眼看小陳要把整塊蛋糕都拿走，大陳就有點變臉，準備要「翻桌」了。

「不公平、不公平……」大陳叫道。

「有什麼不公平的？」小陳要拿蛋糕的手縮了回去。

「剛剛明明是我贏的。」大陳嚷嚷著。

「可是我說要比三把的時候，是你說好的。」小陳覺得大陳實在很可笑。

「那我要來比五把，你剛剛說比三把時，我讓你，這次你也要讓我才行。」大陳死命抓著蛋糕盤子，不讓小陳拿走。

「為什麼我要比五把？」小陳不肯。

「你說要比三把時，我有讓你啊！」大陳堅持著這點。

「是自己願意比三把的，我沒有答應你要比五把。」小陳同學搖搖頭，怎麼都不肯。

那個拿巧克力蛋糕來的同學滿臉尷尬，好好的一個生日蛋糕，為了兩個同學分不攏，整個氣氛都搞糟了。

「你看吧！不是所有的問題都可以叫人家用剪刀、石頭、布來解決。」博懷偷偷跟炳昌。

「那要怎麼辦？書裡面有教到怎麼處理大陳和小陳的難題嗎？」炳昌問起博懷和榮杰。

「好像是有……」博懷認真的想起書的內容，還跟榮杰兩個人交頭接耳的討論……

「應該是這樣，沒錯。」博懷跟榮杰確認後，比較有把握了，就走到大陳和小陳的前面。

「我有一個建議……」博懷跟大陳和小陳說道。

「怎麼樣？」大陳、小陳都雙手抱在胸前望著博懷，看他打算怎麼說。

「你們兩個都想吃到巧克力蛋糕，對吧？」博懷問起大陳和小陳。

「是啊！」大陳和小陳點點頭。

「可是我們兩個每次分東西，都會為了分得公平不公平而吵架，這次才想用剪刀、石頭、布的方式猜拳，贏的人全拿去，就不會有是否公平的問題了。」大陳說起今天會用這樣的方式分巧克力蛋糕的原因。

「就切成一半，一人拿一塊就好，這樣不就很公平了？」另外有個女同學不明白的問著。

「可是用切的，也會切得不一樣大，我們兩個又會去爭大的那一塊，就會吵起來。」小陳說到他和大陳每次遇到的「困境」。

「就是怎麼樣都會吵就是了。」惠敏光是用聽的，就覺得很煩。

「我和榮杰最近看到一本書，他建議可以把剪刀、石頭、布的方式變化一下，就是你們還是可以用猜拳的方式來處理這樣的問題，我們現在來試試看。」博懷建議著，榮杰也跟著加進來。

「好，你們兩個現在來猜拳。我們現在有兩個行動，就是一個是切蛋糕，另外一個是選蛋糕。」榮杰說道。

「那是怎麼樣？猜拳贏的人要怎麼樣？」大陳問起來。

「猜拳贏的那個人，可以選擇是要切蛋糕，或者是選蛋糕。」博懷補充榮杰的說法。

大陳和小陳想了一下，兩個人都願意猜拳。結果這次大陳贏了。

「那你要切蛋糕還是選蛋糕？」榮杰問大陳。

「我要選蛋糕。」大陳想了一下後，做出這個選擇。

小陳也還在思考當中，他沒有多說什麼，拿起刀子很認真的切蛋糕，就看他慎重的把蛋糕切成兩半。

「你要哪一塊？」博懷問大陳，大陳還是選了一塊走。看得出來大陳選的那一塊是稍微大了一點。

不過小陳並沒有跟剛才一樣囉唆，就乖乖的拿走剩下的那一塊……

「為什麼會這樣？」惠敏驚訝的問道。

「是啊？」

「為什麼呢？」

「這樣就不會吵架喔？」

大家覺得這簡直就像是在變魔術一樣，一件本來吵得要命的事情，竟然可以安靜的解決！

「那要問小陳同學啊！」博懷指指小陳。

「對！你為什麼這樣就不會抗議了？」惠敏追問著小陳。

「因為剛剛我在切的時候，我知道大陳還是會挑大的那一塊，我就會盡量切到公平，讓小的那塊的損失降到最低，既然我有這樣做，就不想再抱怨了。」小陳描述著他的「心路歷程」。

「原來是這樣！」

「剪刀、石頭、布還有這樣的玩法。」

「好厲害喔！」

同學們紛紛問起來博懷和榮杰，怎麼知道這麼多的事情？

「各位同學，不是只有他們兩個有讀那本書，我也有讀喔！」炳昌不想被「邊緣化」，也站出來強調他有讀那本書。

「是嗎？」博懷取笑著炳昌。

「只有讀了一句而已，這樣也敢說讀過。」榮杰說到炳昌讀書這點，就覺得很「敬佩」炳昌。

「這本書叫做什麼啊？」惠敏問起來。

「這叫做賽局理論，從剪刀、石頭、布發展出來的數學。」博懷解釋了這個理論的一些背景，當然，都是從黃爸爸那裡聽來的，博懷的爸爸是他數學和科學上的靠山，不會的東西，博懷就會找爸爸搬救兵。

「就是我們平常用的剪刀、石頭、布？」惠敏驚訝的問道。

「是啊！」博懷點點頭。

「不要小看剪刀、石頭、布喔！這個理論還有得過耳朵獎。」炳昌很想加入討論，就硬要插進一句話來。

「什麼耳朵獎，還鼻子獎呢！是諾貝爾獎啦！」榮杰聽到炳昌這麼說，簡直就是笑翻天了。

「什麼？剪刀、石頭、布還有得過諾貝爾獎？」惠敏第一次知道這樣的知識，覺得有夠不可思議。

「對啊！」炳昌點點頭。

「不是啦！」博懷又瞪了炳昌一個白眼。

「是剪刀、石頭、布發展出來的賽局理論得過諾貝爾獎！」榮杰把炳昌的話解釋完整。

「好厲害耶！」

「原來剪刀、石頭、布也有這麼多的學問喔？」

「每天都在用都不知道。」

「呵……」炳昌突然笑起來。

「你笑什麼？」博懷看著炳昌。

「雖然我讀書讀得不認真，但是我很會用喔！這樣……」炳昌邊說邊點頭，還想到什麼事情的模樣。

「你是說，這樣可以解決後門李阿嬤和陳媽媽的問題嗎？」榮杰也在想這件事情。

「好像還是不一樣，她們兩個的狀況，也不是分蛋糕。」博懷說回去要多研究、研究，跟爸爸討論一下。

12 削價競爭

就在這個時候，美麗的資源回收碰上了一個難題……

「你說有人用半價，把資源回收的東西賣給回收場，回收場就要求你也要降成半價？」炳昌聽到美麗這麼說，他趕快跟同學們討論要如何幫忙。

「是啊！因為要賺這個錢的人太多，就會有人為了要搶回收場，自然而然會祭出這招來。」博懷說賽局理論那本書裡也有講到，這種事情在賽局裡面是常會發生的。

「早就被料到了？」琇琇非常驚訝書裡面會講到這些。

「我媽媽說，人性就是人性。」惠敏又端出媽媽的話出來。

「那怎麼辦？美麗這樣不就收入減少了一半？」

「是啊！」

「那我們就要再找更多的資源回收給美麗嗎？」

同學們七嘴八舌的問道。

「其實阿嬤做的客家粿也漸漸有點收入，資源回收在警察叔叔的幫忙下，也拿得比別人多一點，只是沒想到本來已經很低的資源回收計價，現在竟然還可以降得更低。」美麗說起她的難處，但是同學們完全想不出辦法可以幫忙。

跟美麗同樣的情況，後門的李阿嬤和陳媽媽為了搶生意，也掀起一波削價大戰……

「都是陳媽媽害的，她有一天來擺攤子，就降了兩塊，我只好跟著降三塊。」李阿嬤抱怨著陳媽媽。

「愈來愈沒有利潤了，該怎麼活啊？」陳媽媽也抱怨，說是李阿嬤搶人搶得很兇，她只好使出這個殺手鐧。

「真的跟書裡面說得一模一樣。」聽到這個情形的博懷，相當驚訝數學家竟然可以算到這麼準，把所有的行為模式都算出來。

「那要怎麼辦呢？」炳昌好心的問著。

「就像我阿公說的，他如果早一點知道這個賽局理論，現在就輪不到蘋果來賺平板電腦的錢了。」榮杰說這樣的情況，書裡頭有數學家的推算。

「算出些什麼？」炳昌沒有看到那裡，就想直接問榮杰。

「炳昌，你以後當總統，一定要找我和博懷當你的顧問，因為你就算讀書都讀不完，都要直接問別人。」榮杰取笑著炳昌。

「就是嘛！」博懷也說炳昌讀書真的不求甚解。

「好啦！快告訴我！我本來就不是以愛讀書聞名的。」炳昌央求著兩位同伴趕緊把答案告訴他。

「書裡面建議，處理這樣的競爭，如果沒有辦法在一開始就用高價恫嚇敵人的話，就要想辦法跟競爭對手坐下來談，把餅做大。」博懷這麼說道。

「我阿公也說根據他以前的經驗，這樣的說法是對的。」榮杰搬出阿公的往事印證。

「怎麼說呢？」炳昌完全聽不懂，他是一個用例子教他，他才比較能夠聽懂的人，不像博懷和榮杰，可以慢慢讀書，把理論搞懂、吸收需要的部分。

「阿公說，他十幾年前做平板電腦，就是只有他一家做，他把一個重要的技術用專利鎖起來，不肯賣給別人，結果沒有別家跟，就沒有辦法掀起一股風潮，這個案子也就失敗了。」榮杰說到阿公的經歷。

「是不是說，有競爭其實反而是好的意思嗎？」炳昌好奇的反問榮杰。

「其實真正的意思是，不要把競爭搞成像打仗，打仗不是你死就是我活，但是競爭是有可能尋求雙贏。」博懷跟讀數學的爸爸討論了很久，知道得比較仔細。

「真的、真的，李阿嬤和陳媽媽，兩個人現在已經到了不是你死、就是我活的局面。」炳昌想起她們的嘴臉，都覺得很可憐、也很好笑。

「但是……」炳昌馬上就有疑慮。

「怎麼讓他們兩個坐下來談呢？你是不是在想這個！」榮杰說「英雄所見略同」，他也覺得這件事很難。

「他們現在覺得我是一個不知道社會現實的死小孩，那就要靠你們兩個了。」炳昌拍拍好哥們的肩膀。

「好吧！我跟老人家比較好、有老人緣，我去勸李阿嬤。」榮杰說老人組就交給他來辦。

「那我去找陳媽媽。」博懷這麼說道。

「呵……這……有點像是……不可能的任務。」炳昌現在沒事，就覺得有一絲絲的幸災樂禍。

果然榮杰去找李阿嬤，想勸她跟陳媽媽好好談一下，李阿嬤的反應很激烈：

「你是陳媽媽派來的嗎？」

「不是，我是一年六班派來的。」榮杰迅速的反應。

「我年紀比她大上許多，陳媽媽本來就要尊敬我一點才對。」李阿嬤端出年齡來。

「是啊、是啊……」榮杰要討李阿嬤的歡心，只好買了冰淇淋和香腸，跟李阿嬤耗著。

另外一頭，博懷也好不到哪裡去，他一去陳媽媽那裡，才開口沒多久，陳媽媽就要將他掃地出門，博懷也只好跟陳媽媽買了冰淇淋和香腸，表示自己是站在陳媽媽那邊的。

「這樣下去，我們沒有調停成功，反而讓我們的錢包受傷了。」榮杰和博懷都哇哇叫。

「吃不完的香腸，我可以幫你們吃。」因為榮杰和博懷買了一堆李阿嬤和陳媽媽的東西，炳昌就樂得幫忙吃。

「書上沒有解釋清楚，賽局理論是競爭的人……全都是聰明人的情況下才有可能成功，可是李阿嬤和陳媽媽都不太聰明，這要怎麼辦？」博懷講話向來很「毒」，但也一針見血。

「對，書裡面沒教。」榮杰也同意。

「我是可以繼續吃冰淇淋和香腸。」炳昌倒是很樂。

同一時間，美麗的資源回收又有了變化……

「妳是請警察伯伯幫妳去談的嗎？」教室裡面，惠敏和琇琇正關心著美麗上次提到資源回收價格的問題。

「不是，是一個叔叔有天在路上直接來找我的。」美麗這麼說道。

「他為什麼那麼好？」琇琇聽美麗說，這個叔叔願意用以前的回收價格來收她的資源回收，就覺得美麗滿幸運的。

「他本來也是跟我一樣，做資源回收，但是他被現在的低價逼到沒辦法，只好慢慢學著當個小中盤，扮演起回收場的角色，他覺得有賺就好，反正多一點的資源回收到他那裡，他找得到買主就多賺，覺得也不錯。」美麗說這個好心的叔叔狀況是這樣。

「可是……」炳昌聽到這件事，他馬上想到的是後門的李阿嬤和陳媽媽。

「我們也沒辦法找到第三個攤販來賣冰淇淋和烤香腸啊！」炳昌對榮杰和博懷這麼說道。

「是啊！」

「是不行。」

榮杰和博懷對於後門的兩個攤販，都感到很無力。

「為什麼我們要跟著炳昌這樣搞？」博懷突然想了起來，他覺得自己為什麼要跟炳昌一樣，管起別人家的閒事不遺餘力。

「不是在管人家的閒事啦！而是我們在印證書上寫的跟實際發生的事情，有什麼不同？」炳昌勸著博懷。

「賽局理論是聰明人才有用，喜歡拼到你死我活的傻子沒用。」博懷說起他得到的結論。

榮杰也點點頭稱是。

炳昌似乎也同意這樣的看法，只是他覺得聰明和傻子的判斷，也不是由博懷說了算數。

隔了好幾天，李阿嬤和陳媽媽似乎有了轉機……

「李阿嬤好像比較肯聽我說些什麼了。」榮杰如此「回報」。

「陳媽媽也是。」博懷也這麼說。

原來，李阿嬤和陳媽媽為了削價競爭，削到連本錢都不夠了，她們自己都覺得，如果要繼續在後門擺攤，一定要做出改變。

「那有辦法找她們兩位坐下來談嗎？」炳昌好奇的問著。

「我試試看。」榮杰這麼說道。

「我也去試試。」博懷點點頭。

好不容易李阿嬤和陳媽媽打算趁人少的時候，拖張小凳子就坐在後門聊聊，尋求「解決之道」。

「我說陳媽媽！妳就賣別的東西吧！要不然我們兩個都要死路一條了。」李阿嬤一開口就是這樣。

「你們看！她就是這樣，每次一開口，就是拿年紀或是年資壓我，這要我怎麼嚥得下這口氣？」陳媽媽這麼說道。

「我年紀大了，也不好改；妳畢竟年紀輕，如果可以另外找條路，這對我們來說都是活路！」李阿嬤說著說著，自己就哭了起來。

「我是個很命苦的人，一個人年紀大了，又孤零零的，妳好歹也要同情我這個老人家吧！」李阿嬤邊哭邊說。

炳昌看到李阿嬤哭成這樣，還從書包裡找出面紙要給李阿嬤擦眼淚。

「不是我不願意同情妳，而是我也沒有後路，我們家先生用我的名字刷了一大堆的卡債都不還，一天到晚都是銀行的人來找，我也沒有辦法去找工作，因為一工作、薪水被查到，就要強制執行三分之一，我也很慘，李阿嬤就請妳也可憐、可憐我，給我條路走吧！」陳媽媽說起來也是滿腹心酸。

「怎麼都這麼慘呢？」炳昌和博懷、榮杰面面相覷。

兩個女人像是開始比起自己人生的無奈一樣。

「原來妳這麼辛苦啊！」李阿嬤聽到陳媽媽要一個人養活兩個女兒，還有老公常常來伸手要錢，她也很同情。

「可是……我同情妳的話，誰來同情我呢？」李阿嬤想到自己也是無依無靠，就覺得沒辦法讓步。

「妳可以去別的地方賣冰淇淋和烤香腸，現在在後門，我們都已經賠本在做，再繼續下去，我們兩個都沒有活路走了。」李阿嬤反過來積極勸說陳媽媽，要她另起爐灶。

「我在這裡是因為家就在附近，還可以回家看看女兒，照顧她們兩個，如果搬遠一點的話，沒有辦法就近照顧。」陳媽媽這麼說。

「李阿嬤，求求妳了！」陳媽媽勸起李阿嬤，說她到別的學校可能還比較好，會賺到錢。

「我家也是在這附近，妳看我年紀這麼大，如果到遠一點的地方擺攤子，我連攤位都推不到那裡去，妳要我怎麼換地方、做生意呢？」李阿嬤說陳媽媽這樣的要求實在有點過分。

「妳說我過分？我是在說我的苦衷給妳聽耶！」陳媽媽聽到李阿嬤說她過分

後，整個人的聲勢又不一樣了。

「妳一定要這麼說話嗎？」李阿嬤也不高興起來。

結果那場所謂的李阿嬤和陳媽媽「坐下來談」，是以互訴辛酸開始，卻又一言不合結束。

「無解、無解……」博懷想到就是搖頭。

「怎麼會這麼難談？」榮杰也是百思不得其解。

「我已經想放棄了，書上說得一點都沒有用。她們兩個不好好談的話，再好的理論也用不上。」博懷這麼說道。

「我也覺得是這樣。」榮杰發現自己簡直是被李阿嬤和陳媽媽給打敗了，他現在感到……「女人真的很煩」。

炳昌也有點失去耐性，但是他立刻聯想到：「這好像我媽跟阿嬤……」炳昌跟榮杰和博懷提及。

「妳媽媽和阿嬤不一樣啦！」榮杰聽到炳昌拿自己的媽媽和阿嬤來相比學校後門那兩位，也覺得這實在是很不同的狀況。

「可是，我爸常說他夾在她們兩個女人的中間求生存，只要她們願意好好談，不要由他去傳話，他就已經成功了一半。」炳昌說爸爸一天到晚這麼說。所以只要李阿嬤和陳媽媽願意坐下來談個一次，就有可能有第二次。

「大家不要灰心！」炳昌這樣「呼籲」著。

「我好累喔！」

「不要再繼續。」

「我已經受夠了。」

榮杰和博懷都已經想要完全放棄，他們現在看到冰淇淋和烤香腸就覺得非常害怕。

「大家看，我做資源回收的時候，收到什麼東西！」美麗拿出一個袋子，像是獻寶一樣。

「好漂亮啊！」

「怎麼找到的？」

「都還好好的，怎麼會有人拿去丟呢？」

同學們非常好奇美麗找到的寶貝，原來是她在垃圾堆找到，有人把一些小小的瓷玩偶丟在垃圾堆裡面。

「這種瓷器丟出來還好好的，實在很難得。」美麗很喜歡這樣的小瓷器，還說她找到許多，家裡堆的都是。

「有了！」炳昌突然有個很好的主意。

13 同中求異

「美麗，妳家裡真的有很多這種小瓷娃娃嗎？」炳昌急忙問著美麗。

「是啊！很多，我把他們都攤在地上，大概有走廊那麼多的瓷娃娃。」美麗非常開心。

「聽說原來的屋主就是在夜市擺攤，讓人家用圈圈套瓷娃娃。」美麗那時候拿到這一大袋的瓷器，還去問了旁邊的人家，確定那些東西真的可以拿走，免得被抓到警察局去，小李叔叔、老王叔叔可就丟臉了。

「可以請妳幫我們一個忙嗎？」炳昌問著美麗。

「怎麼幫？我可沒有辦法幫你寫讀書心得報告！」美麗想到上次炳昌要她幫的忙，她就覺得害怕。

「可不可以把瓷器送給我，我要幫忙後門的攤販，讓她們做點不一樣的生意。」炳昌這麼跟美麗解釋著。

「好是好，可是……有幾個我很喜歡的瓷娃娃，我可以留著嗎？其他的都給你們沒關係。」美麗囁嚅的說道。

「沒問題，這樣就很幫忙了。」炳昌點點頭說。

「好啊！明天我就拿來。」這樣一來美麗十分樂意、首肯，她也很高興自己有辦法幫助到別人。

「需不需要幫妳搬？」炳昌他們三個問起美麗。

「不用啦！我很有力氣，每天要拖這麼多資源回收的東西，我的手臂現在很有力量了。」美麗說自己現在是無敵女超人。

「那怎麼找套圈圈呢？」炳昌問起班上同學，因為炳昌曾經在夜市看過，有人就是用像手環的圈圈，套著地上擺著的瓷娃娃，只要可以套到就能夠帶回家去，炳昌自己就有去玩過。

問了班上一圈，沒有人知道要去哪裡找這種竹圈，榮杰就建議：「或許剛開始也不用套圈圈，可以把瓷娃娃擺在地上，跟老闆用打彈珠比賽，贏的人就可以挑一尊瓷娃娃回家。」

「這樣也行。」炳昌點點頭。

「根據賽局理論書上的講法，同中求異，只要不要一模一樣，就能創造雙贏的可能。」榮杰點點頭說起書中的策略。

「可是要找誰來做？陳媽媽還是李阿嬤呢？」博懷問起來，因為總不能兩個又都賣一樣的瓷娃娃吧！

「我們一個、一個問，先問李阿嬤，如果她要做就先讓她來做，然後再來想怎麼幫陳媽媽。」炳昌這樣建議著，他的剪刀石頭布小組的成員也都同意。

沒想到李阿嬤一口就回絕，陳媽媽倒還願意一試……

「反正都已經賠本在做，你們給的這些也是無本生意，為什麼不試試看？」陳媽媽的想法是這樣。

結果美麗拿來的瓷娃娃，在陳媽媽攤位旁邊的空地上一字排開，光是視覺上就很有「氣魄」……

「看起來真的滿有樣子的。」幫忙排瓷器的炳昌看到「成果」，也覺得非常驚豔。

那天瓷娃娃一擺出來，陳媽媽那一攤的業績就多出一倍，而且陳媽媽很機靈，一看到生意這麼好，她就把原本冰淇淋和烤香腸的價錢調到原價，不再用削價的方式賣了。

「那我也要瓷器娃娃。」李阿嬤看到陳媽媽的生意好起來，她有點後悔當初一口回絕炳昌他們三個的建議。

「不行！李阿嬤，妳要賣別的，不要再跟陳媽媽一樣了。」榮杰力勸李阿嬤別再跟陳媽媽走同樣的路。

「那我要怎麼辦？」李阿嬤要炳昌他們三個替她想想辦法。

「會的、一定會幫妳想的。」炳昌認真的點點頭。

「一定要比那個瓷娃娃更好玩。」榮杰跟李阿嬤掛保證。

「而且不要本錢！陳媽媽的瓷器娃娃，這一批賣完之後，陳媽媽自己要去找貨，到時候就要本錢，所以李阿嬤不要緊張，我們會幫妳想一個不要本錢的、好玩的遊戲。」博懷一說，就正中了李阿媽的心懷。

「這個好、這個好！」李阿嬤還先謝謝炳昌他們三個的幫忙，自動送了冰淇淋和烤香腸給三位小男生。

「你說說看！什麼是不要本錢的？」榮杰回到祕密基地，就要博懷自己想辦法去兌現「支票」。

「想就想啊！」博懷說腦筋本來就是用來想的，他就在祕密基地裡面找東西，看有沒有派得上用場的廢棄物。

「你在找什麼？」看到博懷在祕密基地走來走去、翻來翻去，榮杰忍不住問起他在找什麼？

「美麗也是在垃圾堆找到瓷娃娃可以派上用場，或許我們也能在這些舊東西裡，找到廢物利用的寶貝。」博懷這樣說道。

博懷繞了一圈，只找到一台很舊的腳踏車，看起來還稍微可以用。

「這是農夫用的腳踏車！」榮杰看到這台腳踏車就興奮的嚷嚷。

「為什麼是農夫用的腳踏車？」炳昌很好奇榮杰是憑什麼說出這樣的判斷，腳踏車還有分農夫用和非農夫用的嗎？

「你看！這種後座是九宮格形狀的腳踏車，就是很早以前農夫在用的。」榮杰說曾經在書上看過。

「喔！那很適合李阿嬤！」博懷笑著說道。

「你有想法嗎？」炳昌看到博懷望著腳踏車，眼睛露出一絲光芒，就趕緊追問他。

「我想把這台腳踏車改裝成發電機。」博懷點點頭說。

「發電機？」榮杰不明白李阿嬤那裡要發電機做什麼？因為賣冰淇淋和烤香腸都不需要電力。

「可能需要我爸和一個會畫畫的人來幫忙，我上次有在網路上看到風力發電的做法，這應該可以用車子的轉輪來代替。」博懷說著他的構想。

「好特別喔！可是要怎麼讓李阿嬤用來賣冰淇淋或是烤香腸呢？」炳昌也問起來。

「可以將腳踏車接上發電機，然後付錢的人踩腳踏車發電，電力表上的度數可以註明是得到幾球冰淇淋或是幾根香腸。」博懷解釋著。

「聽起來就好好玩！我也很想去踩腳踏車發電看看。」炳昌一聽就躍躍欲試的模樣。

「電力表好找嗎？」榮杰倒是擔心起這個。

「可以自己組裝電路，做成簡易的電力表。」博懷很有把握。

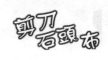

「榮杰不用擔心，博懷是要當科學家的人。」炳昌對博懷很有信心。

「我們可以找美麗來畫你要的東西。」榮杰這樣建議。

「好啊！我們分頭進行。」博懷點點頭。

就當大家要跑出祕密基地時，炳昌問起來：「要不要問一下，這台農夫用的腳踏車，我們可不可以拿去用？」

「對耶！」

「完全沒有想到。」

博懷和榮杰這麼笑道，炳昌就跑到校長室，得到校長的首肯，炳昌又跑回祕密基地，跟博懷、榮杰把這台腳踏車牽回一年六班教室。

「怎麼會有腳踏車？」

「好舊的腳踏車！」

「你們三個又要做什麼了？」

同學們都很好奇炳昌這一組剪刀石頭布小組的成員，會變出什麼花樣來，因為他們的點子最多了。

「我們要做腳踏車發電機。」博懷很得意的宣布著。

然後炳昌又把他們的計畫跟同學們說明一次，美麗馬上說：「我可以幫忙畫，沒問題。」

「謝謝美麗，妳上次提供的瓷娃娃，在陳媽媽那裡幫忙了不少。」炳昌對美麗這麼說。

「大家這麼幫我，如果我也可以幫助到別人，我真的會很高興，我也要跟阿嬤說我有幫助到別人。」美麗的笑容大大的綻放著。

幾天之內，博懷就從家裡拿來一些物品，趁下課的時間，慢慢的在教室後面組裝起來。

「好了！」有一天，農夫腳踏車上掛滿了線路，博懷在教室後面喊著，腳踏車發電機完成！

下課時間，同學們從教室裡面、外面跑來圍在博懷的周圍，要「見證」這歷史性的一刻。

「你趕快踩踩看，看能不能發電？」炳昌催促著博懷。

其實農夫腳踏車是大人騎的腳踏車，博懷他們這些小一學生坐上去，腳都勾不到踏板，博懷的臀部還要離開座位，才能夠踩動腳踏車的轉輪。而且為了要讓腳踏車能夠空轉，不要往前移動，博懷還研究了老半天，把轉輪調整好。

「有電、有電了！」

「電力表真的會跑。」

「加油啊！博懷。」

博懷看著自己製作的發電機，電力表一直往上跑，他心裡好不得意，更是用力的踩著踏板，結果……

車輪竟然飛出去了！

博懷一臉驚慌失措的樣子，同學們則是追著車輪，趕緊把它撿回來，教室裡爆出一陣笑聲……

「車輪竟然還會飛出去！」

「腳踏車不知道會不會飛到天上去？」

「真的很有趣！」

同學們不少人坐在地上捧腹大笑。

這時候，有個人大聲的喊出一句話：「這樣已經很棒了！」原來這樣說的人是李琇琇。

「博懷，這樣就夠了。」

「有李琇琇欣賞你，黃博懷就覺得有價值。」

同學們的話語，讓李琇琇紅了臉頰，博懷也覺得很不好意思，自己低著頭修起腳踏車來。

「本來就很棒！證明博懷說的腳踏車真的可以發電。」炳昌也很敬佩博懷，他都可以想像這樣一台腳踏車放在學校後門，會引起多大的騷動。

「真的是很酷！」惠敏也伸出大拇指。

「等到這台腳踏車發電機放到李阿嬤那裡之後，我也要去玩。」很多同學紛紛這麼表示。

博懷靦腆的點點頭，又繼續修起腳踏車。這裡面當然還是有沒辦法解決的問題，博懷是回家跟爸爸討論後才得到答案。而且他怕到李阿嬤那裡，如果發生什麼變故，老阿嬤會沒辦法處理，博懷就把每個環節都試驗到穩妥，才把腳踏車發電機推到後門去。

「真的可以發電喔？」李阿嬤一直誇現在的孩子怎麼這麼厲害！

李阿嬤自己試了一下，看到電力表竟然會往上跑，李阿嬤自己都興奮不已。

「李阿嬤，這個電池我會幫妳換，因為電池蓄電夠了，可以拿來裝電燈，我們會用在學校有些照明裝備，也是環保、省電。」博懷把整個腳踏車發電解釋給李阿嬤聽。

「那我收攤後，就把腳踏車推回家去嗎？」李阿嬤小心翼翼的問道。

「是啊！妳可以推回家，我有空就會來換電池。」博懷答應著。

這個腳踏車發電機，一放在李阿嬤的攤位旁邊，就造成轟動，很多人都跑到學校的後門來踩腳踏車發電機。

而且陳媽媽也自己準備了許多塑膠圈圈，把瓷娃娃加上套圈圈的遊戲，這樣一來，後門兩攤冰淇淋加烤香腸，變成類似但又不同的產品。

有天上學，炳昌、榮杰和博懷走在一起，快到學校的時候，突然有個婦人牽著小孩，走到他們前面問路。

「請問，你們知道這間學校的後門怎麼走嗎？」婦人問道。

「這樣走，妳從這旁邊繞過去，就可以看見了。」炳昌很熱心的替婦人指路，婦人牽著的小孩則是一直催促她要快一點。

「別擔心，應該還沒開啦！」婦人要自己的孩子安心。

「我要快點去排隊，那個冰淇淋和烤香腸很多人要去。」小孩擔心到想要用跑步的方式去學校後門。

「沒關係啦！小弟弟，可以慢慢來。」

「她們那兩攤不會這麼早來。」

炳昌他們三個很熱心的要婦人和小孩慢慢走過去即可，甚至還可以先去吃個早點再到學校後門。

「你們有去玩過嗎？」婦人問起炳昌他們三個。

炳昌、榮杰和博懷露出得意的微笑，笑而不答的走進學校大門。

「同學，謝謝你們。」婦人很感謝炳昌他們三個學生這麼熱心，連他們走進學校後，她還在學校大門外繼續喊著。

「你要謝謝哥哥啊！」婦人低頭跟自己的孩子說話。

小弟弟就對炳昌他們揮揮手。

轉過身後，炳昌這三個剪刀石頭布小組的人就咯咯的笑說：「他們都不知道，那是我們做的好事呢！」

「真是爽快！」

「好有成就感。」

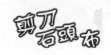

14 你們如何想出來的？

李阿嬤和陳媽媽因為生意很好，也很感激炳昌他們提供的幫忙，她們兩攤分別提供學校「李阿嬤獎學金」和「陳媽媽獎學金」，特別用來獎助校內參與創意、科學活動表現優良的學生。

李阿嬤和陳媽媽還提供給炳昌、榮杰和博懷終身冰淇淋、烤香腸吃到飽的服務保證。

「我已經有點吃到怕了。」炳昌現在很怕去學校後門，李阿嬤和陳媽媽一直猛塞冰淇淋和烤香腸，他看了就怕。

「我也是，以前還滿喜歡的。」榮杰也點點頭。

「真的沒有想到冰淇淋也會有吃怕的一天。」博懷心有餘悸的苦笑。

炳昌還嘻皮笑臉的說：「現在已經有比冰淇淋和烤香腸更嚇人的事情要發生了。」

「什麼事？」榮杰問道。

「美麗說要幫李阿嬤和陳媽媽畫公主畫。」炳昌說起這件事情的時候，臉部表情還故作扭曲。

「她們兩個一定很樂！」榮杰搖搖頭說。

「一定是，覺得那才是真正的她們。」博懷也這麼說。

「嗨，周炳昌！太好了，湯榮杰和黃博懷都在！」遠遠傳來的是美麗的聲音，她很高興的跑過來。

「妳不是忙著幫李阿嬤和陳媽媽畫畫嗎？」炳昌問著美麗。

「是還好，沒有那麼忙。我突然想到一件事。」美麗跟他們三個人提及。

「有什麼事需要我們三個幫忙的？」炳昌問道。

「我想幫你們三個畫畫。」美麗認真的說道。

「饒了我們吧！我們是男生，怎麼可能畫成公主呢？」炳昌覺得這簡直是好笑到了極點。

「沒有，我想試試看，可以把你們畫成王子。」美麗這麼建議著。

「真的嗎？」

「這就很適合我們！」

「這才是我們本來的面目。」

剛才還在嘲笑李阿嬤和陳媽媽的三個人，一聽到美麗要把他們三個畫成是王子，他們也非常期待。

「可是畫畫要一直坐著嗎？我可沒辦法。」炳昌說他沒耐性坐在那裡給美麗畫畫。

「你們可以給我最喜歡的相片，我就照著相片畫出來，這樣也是可以。」美麗建議著。

「好啊！我回去找照片。」

「那就拜託妳了！」

「要把我們三個畫得帥一點喔！」

三個小男生千叮嚀萬囑咐的。

「會的。」美麗點點頭。

然後三個小男生又混到一年六班的祕密基地去，他們又在那裡翻箱倒櫃起來……

「你們又在找什麼啊？」突然校長的聲音傳了出來。

「校長好！」三個小男生異口同聲的立正站好，一看就擺明了剛做虧心事的樣子。

「又有什麼新發明嗎？李阿嬤獎學金和陳媽媽獎學金一定很樂意頒給你們三個。」校長問道。

「沒有……沒有……」炳昌這個不會說謊的人，只要一說謊就結結巴巴的，很不自然。

「有什麼事情不肯跟我說啊？」校長看到這三個小子聚在一起，就覺得有什麼事情要發生一樣。

「沒有、沒有……」三個人還是不肯說。

「你們三個等等上課要回教室去喔！不要在這裡逗留了。」校長提醒了三個人，又走出了祕密基地。

「這真的有用嗎？」

「可以搞出一個轟轟烈烈的事情嗎？」

「絕對可以，我以我的人格保證。」

就聽到三個小男生窸窸窣窣的交談，好像在進行什麼祕密任務一樣。

「你確定那個時間會來嗎？」這時候聽出來是榮杰的聲音。

「我確定一定會，我有聽到。」炳昌這麼說道。

「好吧！那就相信你的情報。」博懷也說話了。

原來過幾天，學校有一個生肖吉祥物雕塑比賽，由於是吉祥物，這天大家都可以帶自己的寵物來參觀。

炳昌、榮杰和博懷有報名參加，奇怪的是，一直到展出那天，他們都沒有交出作品來。

「你們到底要不要交作品啊？」郭老師問著那三個皮皮的小男生。

「老師，我們要比賽那天才放上去。」炳昌說道。

「這樣來得及嗎？」郭老師問著。

「一定可以的，沒有人規定不能當天才放上去吧！」炳昌皮皮的說道。

結果到了比賽當天……

「要不要把阿寶和小豬放在祕密基地啊？」炳昌從進到學校開始，就急忙問著琇琇和惠敏。

「也好，上次阿寶就是放在那裡，要不然放在教室，我都會分心。」琇琇點點頭。

惠敏也跟著琇琇，把小豬牽到祕密基地去。

等到她們兩個回來之後，三個小男生就鬼鬼祟祟的出去，然後才又一起回到教室來。

「你們三個在做什麼啊？」惠敏滿臉疑惑的問道。

「沒什麼！」

「就是剪刀石頭布三個人要在一起。」

「沒事！沒事！」

惠敏嘟著嘴巴說：「你們三個說沒事就是有事。」

「真的沒事啦！」

「惠敏班長真是多疑。」

「快去參觀比賽吧！」

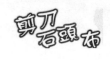

這時候吉祥物展覽的教室突然發出一陣尖叫聲……

本來已經要去參觀的一年六班，更是全班跑得飛快，一大群人衝到展覽教室去……

「我的天啊！」琇琇也跟著叫起來。

「你們真的有夠無聊的。」惠敏馬上就追打起炳昌、榮杰和博懷。

然後其他一年六班的同學則是在展覽教室裡一直哈哈大笑……

原來炳昌他們三個做了一個作品，有一個很像郭老師的雕塑，她伸出手緊緊的握住拳頭；另外兩個籠子，惠敏活生生的小豬頭上掛著剪刀手型的頭飾，阿寶老鼠則是布的手勢圖案，作品的下面寫著《我們班的吉祥物》。

「你們真的很無聊耶！把我的小豬關在這裡，還假裝好心問我有沒有帶小豬來！」惠敏追罵著三個小男生。

「那我的阿寶要關在這裡多久？」琇琇很緊張的問道。

「現在就給我拿回去。」郭老師瞪著三個皮得要死的小男生。

「郭老師不會覺得這樣很有創意嗎？」

「我們覺得這樣很酷耶！」

「大家不覺得嗎？」

全部的人都笑得要命，只有郭老師用又好氣、又好笑的表情看著那三個始作俑者。

惠敏緊張的跟自己的小豬說：「不要怕，不要理那三個怪叔叔。」而琇琇也緊緊的捧著自己的阿寶。

一年六班的同學們笑飽之後，全部的人就回到教室去。

大家這才發現美麗沒有跟全班一起去參觀吉祥物。

「美麗，妳都沒有去，好可惜喔！」

「真的很好笑。」

「快被郭老師笑死了。」

大家跟美麗一直述說著，剛剛參觀吉祥物的情況，美麗的臉上則是始終掛著不安。

「炳昌，你們怎麼會突然交出這樣的吉祥物啊？」惠敏一進教室就對炳昌嚷嚷著。

「沒有啊！就是想說看賽局理論，同中求異很重要。」炳昌得意的述說著自己小組想出來的點子。

「這樣不是很讚嗎？」榮杰皮皮的笑道。

「我也很喜歡這個點子。」博懷認真的點點頭。

「你們都完了！你們都變得跟周炳昌一樣。」惠敏對榮杰和博懷這麼說道。

「誰叫我們是同一個剪刀石頭布小組的人。」這三個人真的愈來愈黏在一起，而且變得愈來愈搗蛋。

由於郭老師一直沒有進來教室，大家都笑說郭老師一定是被他們三個氣哭了，待在教師休息室不肯過來。

「不會吧！」炳昌說剛剛看到郭老師還好好的。

這個時候美麗突然站了起來，把三個封得好好的牛皮紙袋交給炳昌、榮杰和博懷。

「這是妳幫我們畫的畫嗎？」炳昌興奮的說道，馬上就打算打開來看。

「你們回家去看就好了。」美麗靦腆的這麼說道。

「為什麼要回家去看！妳把我們畫成王子，我們現在就可以看，也讓其他的同學看看。」炳昌仍然自顧自的打開牛皮紙袋，榮杰和博懷也是。

只是一打開，三個男同學把畫拿在手上……

一年六班發出的爆笑聲比剛才在展覽室的還要大聲……

惠敏笑到眼淚都留了出來的說：「這是報應，一定是報應，扯平了！真的扯平了！」

原來美麗怎麼畫都畫不出王子，就把那三個小男生也畫成了公主。

在爆笑聲中，炳昌、榮杰和博懷三個人面面相覷卻無言以對。這一天的學校生活就在歡笑聲中匆匆溜走了。

到了快放學的時候……

「周炳昌！」這時候傳來惠敏班長的吆喝聲。

「又怎麼了？」炳昌覺得惠敏又要找他麻煩。

「你說要給我看你寫的讀書心得報告。」惠敏問起炳昌。

「什麼？我已經寫了，妳不知道嗎？」炳昌回答著惠敏。

「你哪有寫，我怎麼不知道？」惠敏一臉茫然。

「我不是寫在紙上，我是用行動寫出來的。」炳昌滿臉神聖的表情，覺得自己這種寫讀書心得報告的方法，更是高人一等。

「李阿嬤和陳媽媽的攤子，就是我用剪刀、石頭、布的賽局理論寫的讀書心得報告。」炳昌這麼說時，還比出一個「剪刀」的手勢……喔！不！這個手勢今天是「勝利」的意思。

跟阿嬤
一起上學
的小女孩
林蔚貞 ◎ 著

同班同學：04

剪刀、石頭、布

作　者◇謝俊偉
出版者◇培育文化事業有限公司
執行編輯◇王文馨
社　址◇22103 新北市汐止區大同路三段一九四號九樓之一
TEL（○二）八六四七—三六六三
FAX（○二）八六四七—三六六○
總經銷◇永續圖書有限公司
劃撥帳號◇18669219
地　址◇22103 新北市汐止區大同路三段一九四號九樓之一
TEL（○二）八六四七—三六六三
FAX（○二）八六四七—三六六○
E-mail yungjiuh@ms45.hinet.net
網址 www.foreverbooks.com.tw
法律顧問◇中天國際法律事務所　涂成樞律師　周金成律師
出版日◇二○一一年七月

剪刀、石頭、布/ 謝俊偉著. -- 初版. --
新北市：培育文化，民100.07
面：　　公分. --（同班同學；04）
ISBN　978-986-6439-53-7（平裝）

859.6　　100003210

培育文化讀者回函卡

謝謝您購買這本書。

為加強對讀者的服務，請您詳細填寫本卡，寄回培育文化；並請務必留下您的E-mail帳號，我們會主動將最近"好康"的促銷活動告訴您，保證值回票價。

書　　名：剪刀、石頭、布
購買書店：＿＿＿＿市／縣＿＿＿＿＿＿書店
姓　　名：＿＿＿＿＿＿＿＿生　　日：＿＿年＿＿月＿＿日
身分證字號：＿＿＿＿＿＿＿＿＿＿＿＿＿＿＿
電　　話：(私)＿＿＿＿＿(公)＿＿＿＿＿(手機)＿＿＿＿＿
地　　址：□□□－□□
　　　　：＿＿＿＿＿＿＿＿＿＿＿＿＿＿＿＿
E-mail：＿＿＿＿＿＿＿＿＿＿＿＿＿＿＿＿
年　　齡：□20歲以下　□21歲～30歲　□31歲～40歲
　　　　　□41歲～50歲　□51歲以上
性　　別：□男　□女　　婚姻：□單身　□已婚
職　　業：□學生　□大眾傳播　□自由業　□資訊業
　　　　　□金融業　□銷售業　□服務業　□教職
　　　　　□軍警　□製造業　□公職　□其他＿＿＿＿
教育程度：□高中以下(含高中)　□大專　□研究所以上
職位別：□負責人　□高階主管　□中級主管
　　　　□一般職員　□專業人員
職務別：□管理　□行銷　□創意　□人事、行政
　　　　□財務　□法務　□生產　□工程　□其他＿＿＿＿
您從何得知本書消息？
　□逛書店　□報紙廣告　□親友介紹
　□出版書訊　□廣告信函　□廣播節目
　□電視節目　□銷售人員推薦
　□其他＿＿＿＿＿＿＿＿＿＿＿＿
您通常以何種方式購書？
　□逛書店　□劃撥郵購　□電話訂購　□傳真　□信用卡
　□團體訂購　□網路書店　□其他
看完本書後，您喜歡本書的理由？
　□內容符合期待　□文筆流暢　□具實用性　□插圖生動
　□版面、字體安排適當　□內容充實
　□其他＿＿＿＿＿＿＿＿＿＿＿＿
看完本書後，您不喜歡本書的理由？
　□內容不符合期待　□文筆欠佳　□內容平平
　□版面、圖片、字體不適合閱讀　□觀念保守
　□其他
您的建議：＿＿＿＿＿＿＿＿＿＿＿＿＿＿＿＿
＿＿＿＿＿＿＿＿＿＿＿＿＿＿＿＿＿＿＿＿

剪下後請寄回「22103新北市汐止區大同路3段194號9樓之1培育文化收」

請用膠帶黏貼

廣 告 回 信
基隆郵局登記證
基隆廣字第200132號

2 2 1-0 3

新北市汐止區大同路三段194號9樓之1

培育文化事業有限公司

編輯部　收

請沿此虛線對折免貼郵票，以膠帶黏貼後寄回，謝謝！

為你開啟知識之殿堂